Antonia FARNIÈRE
Gemet

LA NUIT DES DRAGONS

SIGRID ET FRED KUPFERMAN

LA NUIT DES DRAGONS

Illustrations:
Yves Beaujard

© Librairie générale française, 1986,
pour le texte et les illustrations.
© Hachette Livre, 2002.

Pourquoi les parpaillots, les papistes, les dragons ?

Jusqu'au XVIe siècle, le catholicisme est la religion unique des Français. Avec la Réforme, répandue en France par Calvin, il y a deux manières d'être chrétien. Les protestants, qui se nomment eux-mêmes *calvinistes* ou *religionnaires,* et que leurs adversaires appellent *parpaillots* ou *huguenots,* se heurtent aux catholiques par une autre pratique de la foi.

Les catholiques honorent la Vierge Marie et les saints ; les protestants s'adressent directement à Dieu et ne croient pas que l'on peut acheter son salut par des dons faits à l'Église. Les catholiques s'en remettent à l'autorité du curé, qui leur explique les Saintes Écritures, et ce curé obéit aux évêques, qui obéissent au pape. Dans chaque famille protestante, on apprend à lire la Bible en français, alors qu'elle est un texte en latin, compris de très peu de gens, pour les fidèles du catholicisme. Les protestants ne reconnaissent pas l'autorité du pape, et dans leur église, appelée le *temple,* les cérémonies religieuses se différencient de la tradition catholique. La confession est supprimée, la communion se fait par le pain et le vin, comme l'a pratiqué le christianisme à ses origines. Le temple, sans images de saints, sans reliques que l'on vient honorer, ne ressemble plus du tout à l'église.

Pour ces différences-là, catholiques et protestants s'égorgent dans des guerres de Religion qui commencent au milieu du XVIe siècle et durent jusqu'à l'édit de Nantes (1598). Cette année marque un événement sans précédent dans le monde : le nouveau roi de France, Henri IV, un ancien protestant devenu catholique pour avoir la religion de la majorité des Français, demande à ses sujets des deux religions rivales de vivre pacifiquement ensemble. Par l'édit de Nantes, le roi protège la minorité calviniste – deux millions dans une France de seize millions d'habitants – lui accordant des privilèges que ses successeurs, Louis XIII, puis Louis XIV, vont lui retirer. Mais jusqu'en 1685, les protestants peuvent pratiquer leur culte, même s'ils sont entourés de l'hostilité générale, car le peuple n'admet pas qu'il y ait deux religions.

L'Église catholique demandait depuis longtemps à Louis XIV de révoquer l'édit de Nantes. Il hésite longtemps à le faire, car les protestants sont des sujets obéissants, souvent riches et industrieux, et il lui en coûte de revenir sur la parole donnée par son aïeul Henri IV. Il se décide par orgueil, car son entourage le persuade qu'il deviendra ainsi le plus grand des rois de France.

Les pasteurs sont invités à quitter le royaume, les protestants à se convertir sur l'heure. Quand débute cette histoire, en octobre 1685, l'annonce de la *Révocation* tombe comme un coup de foudre sur la communauté protestante. En quelques semaines, il y aura 800 000 nouveaux convertis, la plupart devenus catholiques par crainte des châtiments qui menacent les rebelles. Des familles résistent encore, notamment dans les Cévennes. Le Roi leur envoie ses dragons...

Première partie

1

Le billet de logement

« Voici la maison de la huguenote », dit Mathurine, avec un mauvais rire.

La boiteuse haletait, essoufflée par la raideur du chemin, mais ses yeux brillaient d'excitation. Elle avait voulu escorter les dragons jusqu'au bout, pour assister à l'humiliation de Jeanne Mazel. Traînant la jambe, elle suivait comme elle pouvait le sergent La Rose, qui se gardait de ralentir la marche des hommes en habits rouges. Malgré la fatigue, la dénonciatrice était à la fête. Elle savourait déjà sa revanche.

« Je la connais, votre dame de la ferme Mazel. J'ai servi chez elle autrefois. On m'a chassée comme une voleuse, on fera moins la fière bientôt. Vous me laisserez regarder, monsieur l'Officier ? Il me tarde de voir punie cette engeance. »

Apparemment perdu dans ses pensées, le colosse moustachu grimpait sur l'étroit sentier, sans échanger un mot avec Mathurine. Il en aurait fallu plus pour arrêter ce moulin à paroles. Tout y passait : les crimes impunis des protestants, l'avarice de Jeanne Mazel, qui l'avait renvoyée pour une paire de draps perdus, le miracle de saint Andéol, qu'elle avait vu de ses yeux – la statue de la Vierge pleurant de joie à l'annonce de la Révocation. Mathurine parlait d'abondance, sans doute pour cacher son inquiétude. Ce sergent revêche lui paraissait bien capable de garder pour lui sa prime.

Les dragons, peinant sous le poids du paquetage et du mousquet, la regardaient sans amitié. Cinq grosses lieues de marche sur des chemins de berger, pour loger chez des buveurs d'eau, c'était bien une idée de La Rose. La troupe avait soif et sa mauvaise humeur montait après chaque tournant. Mathurine, sentant l'hostilité des soldats, leur souriait servilement.

« Courage, les enfants, on arrive. Il y aura du lard au cellier, du vin frais en cave, et c'est la huguenote qui régale. »

Le soleil allait disparaître derrière les lignes usées des Cévennes. Un instant, ses rayons illuminèrent la façade blanchie à la chaux de la ferme. Mathurine montra du doigt les lettres gravées au-dessus de la porte et le cyprès au milieu du jardin. La Rose haussa les épaules. Il savait reconnaître tout seul une maison protestante : D.V., *Dieu Voulant*, c'était leur marque. Un cyprès indiquait la présence d'une tombe. Les religionnaires enterraient chez eux leurs morts. Ces gens-là ne font rien comme tout le monde, pensa-t-il.

Le caquet de Mathurine commençait à lui échauffer les oreilles. Il n'aimait pas dragonner en compagnie d'une femme. Avec un large sourire, il mit dans la main de la commère une pièce d'argent.

« Chose promise, chose due. Tu nous as guidés, voici un écu pour boire à la santé de Sa Majesté. Le Roi aime les bonnes chrétiennes comme toi, qui courent les routes pour dénoncer une rebelle. »

D'un geste brusque, il congédia l'ancienne domestique. Elle s'éloigna à regret, vaguement déçue de n'avoir pu rester pour le spectacle. La nuit tombait déjà : le crépuscule était court, en cette fin d'automne. Les soldats encerclèrent rapidement le mas tapi dans la pénombre. La ferme Mazel était basse, construite dans un repli de terrain, à l'abri du vent, et derrière ses volets clos, elle paraissait défier les malveillants.

« Un homme devant chaque volet et chaque issue, ordonna La Rose. Frappez en cadence avec vos mousquets. Nos parpaillots sauront qu'ils ont de la visite. »

Autour de Jeanne Mazel, enfants et domestiques formaient un cercle recueilli. Jeanne les avait appelés, comme elle le faisait tous les soirs, pour la prière commune. Jadis, c'était Pierre qui leur lisait la Bible. Il y avait huit ans qu'il reposait dans la paix du Seigneur, à côté de sa maison, et elle avait pris la relève. Ce soir-là, elle avait choisi dans le Nouveau Testament l'avertissement de Jésus aux femmes qui ont oublié de mettre de l'huile dans leurs lampes :

« *En vérité, je vous le dis, veillez. Parce que vous ne saurez ni le jour ni l'heure...* »

Un vacarme épouvantable couvrit soudain sa voix. À coups de pied, à coups de crosse, les dragons commentaient à leur manière les paroles du Christ. L'heure était venue. Tête baissée, mains jointes, les domestiques tremblants écoutaient les jurons et les menaces. Les soldats hurlaient :

« Ouvrez, au nom du Roi ! »

Jeanne, impassible, poursuivait sa lecture. Pour elle, Dieu était toujours premier servi.

La petite Élisabeth serrait très fort la main d'Antoine. « Je n'ai pas peur, se disait-elle, maman et Antoine sont là. » Elle leva les yeux vers son frère, qui la rassura d'un sourire. L'épreuve était arrivée, il s'y était préparé, comme sa mère. D'autres, dans le pays, avaient vite signé le billet de conversion, dès que M. du Chayla, le nouveau curé d'Anduze, avait annoncé la venue des dragons convertisseurs. Le prêtre s'était même vanté d'avoir à la Toussaint tous les huguenots à sa messe. « Il pourrait bien gagner son pari », songeait Antoine. En cette terrible année 1685, l'an des dragonnades, les billets de reniement tombaient comme des feuilles secouées par le vent. Mais les Mazel, eux, ne changeaient pas si aisément de religion. Antoine regarda avec fierté sa mère, qui lui avait appris à craindre et à aimer l'Éternel. Pour ses enfants, Jeanne était tout, le bonheur, la beauté et la tendresse.

Fendu sur toute sa longueur par les coups de crosse, un volet éclata soudain. Jeanne regarda froidement l'homme en habit rouge qui enjambait la fenêtre. Ce fut lui qui détourna les yeux pour cacher son embarras, il héla son officier :

« Voyez ces marauds, ils prient, au lieu d'ouvrir la porte, quand on le leur demande au nom du Roi. M'est avis qu'il faudrait leur enseigner la politesse, comme nous le faisons en campagne. »

Goguenard, l'homme tournait, sabre au clair, autour des servantes terrorisées, avec des mines de coupeur d'oreilles.

« Rengaine ton sabre, Picard, lui ordonna durement La Rose. Où te crois-tu ? J'ai ordre, madame, dit-il en adoucissant sa voix et en se découvrant, comme s'il était venu en visite, de loger ma compagnie chez vous.

— Montrez-moi cet ordre. »

Le colosse, dont la perruque[1] frôlait le plafond de la salle, rougit de plaisir. Il rencontrait enfin des gens qui lui tenaient tête. Il tendit le billet de logement à Antoine, qui s'était bravement placé devant sa mère.

---

1. Perruque : depuis le début du règne de Louis XIV, les hommes portaient cette coiffure de faux cheveux.

« Tiens, lis. Il paraît que vous savez tous lire, vous autres, comme si ça n'était pas l'affaire du curé. »

Antoine fit sauter le sceau du Roi, déplia la feuille. D'une voix qu'il voulait ferme, il lut les lignes terribles :

« *Louis, Roi de France et de Navarre, Quatorzième du nom, à ses loyaux et aimés sujets, salut. Il Nous a plu d'enjoindre à ceux de la religion prétendue réformée de se réunir au plus vite à la vraie foi catholique et romaine. Pour ce, Jeanne Mazel, du village de Tornac, veuve de Pierre Mazel, négociant, devra loger une compagnie du régiment de Montrevel, tant qu'elle ne sera pas convertie, et avec elle ses enfants et serviteurs.* »

La Rose n'avait pas menti. Quand les protestants ne s'inclinaient pas devant l'édit de Révocation, les dragons venaient loger chez eux, avec le droit d'employer tous les moyens pour leur faire peur. L'armée, en cette année 1685, n'était pas occupée à se battre. M. de Louvois, le ministre de la Guerre, avait proposé au Roi les bons services de ses dragons. À l'arrivée des habits rouges, les catholiques se frottaient les mains. Les pillards n'allaient pas loger chez eux. Le Roi réservait cet honneur à ses sujets protestants.

Depuis le début de la campagne, personne n'avait résisté longtemps aux dragons. C'était une guerre sans risque. Il suffisait parfois d'entrer dans une maison le sabre haut levé, en criant : « Tue ! tue ! ou bien signez ! », pour que toute une famille, en un instant, découvrît les beautés du catholicisme. La compagnie avait ainsi converti en quelques jours Durfort, Saint-Hippolyte, La Rode et Saint-Félix. La rumeur des dragonnades précédait les soldats. On disait qu'ils passaient comme une nuée de criquets, vidant les caves, les greniers, les celliers, cassant tout si l'on faisait seulement mine de désobéir. Des bruits terribles se colportaient de village en village. Les dragons se distrayaient à brûler la barbe des vieillards, à arracher les enfants des bras de leur mère, en menaçant de les tuer sur l'heure, si elles ne signaient pas. « Ils peuvent tout faire, à condition de ne pas tuer, racontaient les gens terrorisés. Ce sont nos âmes qu'ils viennent offrir au Roi. »

À vaincre sans péril, La Rose s'ennuyait. La peur du dragon gâtait la chasse. On ne pouvait s'amuser chez les religionnaires. Au deuxième jour, ils gémissaient : « Je me réunis, je me réunis. » Il est vrai qu'il n'aurait pas voulu être dans leur peau. Les protestants se croyaient encore protégés par l'édit de Nantes, une vieillerie du siècle dernier, qui les autorisait à pratiquer leur culte. Le Roi avait changé la loi, comblant d'aise l'Église et le peuple. L'édit que les dragons se chargeaient d'appliquer ordonnait aux pasteurs de quitter dans les quinze jours le royaume de France et aux protestants d'y rester, mais en loyaux sujets. Certains refusaient de plier le genou. Le Roi avait prévu leur cas :

les galères à vie pour les hommes, l'emprisonnement perpétuel pour les femmes, la potence ou la roue pour les pasteurs rebelles et les semeurs de troubles. Les dragons, parfois, faisaient justice eux-mêmes. Au Mialet, un paysan obstiné avait refusé l'hostie, qui lui était présentée fort civilement sur la pointe d'une baïonnette. Fouetté pour son impertinence, il était mort. La Rose répugnait à de telles violences. Pourtant, il n'y avait pas dans les Cévennes de convertisseur plus redouté que ce géant aux manières si douces.

Devant Jeanne Mazel, il avait perdu son assurance habituelle. Le calme de cette maison sans homme le déconcertait. La salle commune était blanche, avec des murs nus, sans un objet de dévotion. La Rose avait l'habitude des demeures protestantes, où l'on proscrit les crucifix, les images pieuses et les médailles bénites, mais il soupçonnait fort qu'ici on avait fait le ménage, dans le pressentiment de sa venue. Cette entêtée devait avoir trouvé une cachette pour sa grosse bible huguenote, mais, foi de La Rose, il la trouverait. Et il obligerait cette impertinente à se soumettre.

Tout en inspectant du regard son nouveau logis, il tenta sa première approche :

« Vous avez lu le billet ? À votre place, je gagnerais du temps. À quoi bon s'obstiner ? Nous sommes toujours les plus forts, vous le savez. Il y a trois mots à dire – "Je me réunis" – et vous êtes sauvés.

— Pas sauvés, perdus. »

Le sergent se retourna, surpris. Antoine lui arrivait tout juste à l'épaule, mais son regard flamboyait de colère. Le dragon fixa de ses gros yeux noirs le gaillard de quinze ans qui osait le défier.

« Sais-tu ce qu'il en coûte de braver la volonté du Roi ?

— La vie, peut-être. Mais nous avons appris que l'Éternel protège le juste et punit les méchants. Je ne sais pas, monsieur, si vous êtes dans ce cas, mais vous avez tiré le mauvais billet de logement. Ici, on ne craint que le Seigneur. Avec tous vos mousquets, vos sabres et vos grands airs, vous ne nous faites pas peur. »

Les dragons éclatèrent de rire. Cet insolent leur plaisait davantage que les mauviettes qui passaient à la première menace du prêche à la messe.

« Tu as raison, petit, dit le Parisien, un soldat qui avait l'air moins mauvais que les autres. Personne n'en veut à votre vie. Le dragon est bon compagnon, quand on sait le prendre. »

Jeanne Mazel sortit enfin de son silence. Elle se força à faire bonne figure aux envahisseurs qui campaient déjà dans sa maison.

« Vous vous rendrez compte qu'il n'est pas aisé de nous faire changer d'avis. Mais un billet de logement est un ordre du Roi. Vous êtes chez vous. Antoine, tu m'aideras à bien recevoir nos hôtes. »

Cette première nuit fut une nuit blanche. Toute la maisonnée, y compris Antoine et Jeanne, servait les dragons, dont la soif et l'appétit ne connaissaient pas de limites. Picard et le Charmeur, un soldat à qui il manquait la moitié du visage, avaient sorti de l'armoire la belle nappe damassée que l'on dépliait une fois l'an, pour la Nativité. Les enfants stupéfaits voyaient les dragons puiser dans les provisions de l'année comme s'ils étaient au pays de Cocagne. Leur mère leur mesurait chaque soir une mince tranche de lard, et il fallait rendre grâces à l'Éternel avant d'y toucher. Les soldats, eux, avaient trouvé dans le lardier le demi-cochon qui devait nourrir la famille jusqu'à la Noël. Ils se taillaient d'énormes tranches, qu'ils mettaient à griller sur les braises de la cheminée. On n'allumait pas le feu chez les Mazel avant la mi-novembre, mais les dragons jetaient des bûches dans la flamme pour le plaisir d'envoyer Antoine en chercher d'autres. Quand Élisabeth vit la première tache sur la belle nappe, elle regarda sa mère avec épouvante, craignant pour le malpropre. Mais Jeanne Mazel ne dit rien. Elle était attentive au manège d'un dragon, déjà pris de vin, qui tournait autour de Marion, la plus jolie des servantes.

« Ho ! la belle, sais-tu que ton salé donne soif ? Vous salez trop le cochon. À boire, le dragon a toujours soif. »

Marion interrogea du regard sa maîtresse. Celle-ci hocha la tête. Le premier tonneau était déjà vide, et les dragons en faisaient rouler un autre, en chantant un refrain de leur cru : « *Vive la veuve et le bon vin !* » Ils riaient. Élisabeth riait comme eux, sans comprendre ce qui les amusait. Elle était étonnée que sa mère servît comme une domestique. Dans toute la maison, on courait, on s'affairait pour que les dragons soient contents. Les enfants avaient les yeux qui leur piquaient, à cause du sommeil et de la fumée des pipes ; pourtant, leur mère, au lieu de les envoyer coucher, les gardait auprès d'elle, comme s'ils la protégeaient. Élisabeth entendit sonner les heures au clocher de l'église voisine. Elle ne tenait plus debout, et ne savait pas trop si ces invités d'un soir étaient amis ou ennemis.

Antoine se méfiait de Picard. L'homme lui avait déjà allongé deux coups de botte sournois. Il faisait un détour pour passer hors de sa portée quand il revenait de la cave, chargé de bouteilles et de jambons. Il ne restait plus de pain, et Élisabeth ne riait plus, parce que les dragons avaient mangé les confitures sèches que sa mère avait faites pour les lui donner à Noël. Le visage caché dans la large jupe de Marion, elle ne voulait pas montrer qu'elle pleurait, mais ses épaules secouées par le chagrin la trahissaient. Marion caressa ses boucles brunes, et lui murmura :

« Viens, Élisabeth, je vais te coucher. »

Antoine titubait de sommeil, mais il chantait avec les dragons.

« C'est autre chose que tes psaumes, hein, mon gars », répétait inlassablement le Parisien, qui l'avait pris en amitié. Il lui avait prêté son sabre et son justaucorps qui tombait jusqu'aux mollets du gamin. « *Voyez le beau dragon* », chantaient les soldats. Antoine, grisé par le vacarme et leur rire, avait pris les baguettes d'un tambour et tapait inlassablement sur la caisse, comme s'il était lui-même un dragon en train de festoyer chez l'habitant. Les hommes lui donnaient des bourrades dans le dos, et applaudissaient. Antoine déchaîné couvrait du bruit de son tambour les clameurs de ses nouveaux camarades.

Combien de temps la fête allait-elle encore durer ? La Rose, qui se plaignait de ne plus voir clair dans le bleu de la fumée des pipes, avait envoyé ses hommes à la recherche de flambeaux. Il n'y en avait pas dans la maison. Faute de flambeaux, on avait calé des fusils avec leurs baïonnettes, et sur les minces lames les soldats avaient enfoncé des chandelles, malgré les protestations de Marion. Soudain illuminée, la salle principale ressemblait à un champ de bataille. Le suif coulait sur la nappe blanche, couverte de taches de vin et de graisse. Les tommettes que les domestiques faisaient briller à l'huile de lin disparaissaient sous une litière où se mélangeaient la cendre du feu, la paille et la boue apportées par les bottes, et des carcasses de poulets que se disputaient les fourmis et les mouches. Une large flaque s'étalait près de la resserre forcée par les dragons. Dans leur ivresse, les soldats avaient renversé la jarre d'huile d'olive que l'on avait remplie à la Saint-Michel, pour les besoins de l'année. Belle Épine

encourageait Picard à verser le restant d'huile dans les cruchons de vin.

« Donne à boire aux camarades », dit-il à Antoine en clignant de l'œil.

Des soldats dormaient, la tête sur la table, ronflant tout leur soûl, mais La Rose avait juré que la fête se poursuivrait jusqu'au point du jour. Il contempla son œuvre avec satisfaction. Des quatre jambons que Louise et Marion avaient décrochés il ne restait plus que l'os. Belle Épine, qui avait été cuisinier dans son temps, avait passé à la broche les chapons les plus gras de la basse-cour, mais les dragons ne mangeaient plus que par gourmandise, arrachant une cuisse ou une aile, avant de jeter la moitié de la bête dans les flammes, pour le plaisir de gaspiller. L'air était irrespirable. L'ordre tranquille qui régnait dans la maison de Jeanne Mazel n'était plus qu'un souvenir. Un soldat, avec de gros rires, vidait le fourneau de sa pipe sur le voile blanc qui avait servi pour le baptême d'Élisabeth. En voyant ses armoires à sac, son linge troué et souillé, Jeanne comprit pourquoi les dragons étaient venus.

« Dieu, donne-moi la force de résister », pria-t-elle silencieusement.

De l'autre côté de la table, La Rose souriait, découvrant de vilaines dents cariées, noircies par le tabac à chiquer.

« Alors, madame la protestante, on est toujours contente d'avoir chez soi des militaires ? J'ai dans ma poche un petit billet. Signez, et vous pourrez remettre de l'ordre dans votre maison. Voyez-vous, les dragons aiment à prendre leurs aises. Vous n'êtes pas au bout de vos peines. »

Jeanne songeait à Pierre, son époux : qu'aurait-il fait, s'il avait été là ? Depuis sa mort, elle demandait beaucoup à Antoine. Malgré son jeune âge, le garçon lui faisait honneur. Mère et fils s'entendaient à demi-mot. Le gamin encourageait Jeanne d'un regard complice en installant des paillasses à même le sol pour les dragons ensommeillés. « Compte sur moi, disait son regard, ils ne te feront pas de mal, ni à Élisabeth, à Marion et à Louise. »

Jeanne se félicitait de l'avoir élevé en homme. Elle pouvait s'appuyer sur lui. Il était fort, il était gai, il était ferme dans sa foi. « Comme il ressemble à Pierre », se dit-elle. Dans son duel avec les dragons, elle n'était pas seule.

À la pointe du jour, tous les dragons dormaient. La Rose s'était étendu tout habillé, ses bottes boueuses sur la courtepointe, en travers du grand lit de Jeanne. Il ronflait doucement, la bouche ouverte, et avec sa moustache en croc et ses sourcils épais, il ressemblait à un ogre. Antoine n'avait pas peur des ogres. Ôtant ses sabots pour ne pas faire de bruit, il entra en tapinois dans la chambre. Par bonheur, le sergent s'était endormi sans prendre garde qu'il avait à portée de la main, sur la table de chevet, le vrai trésor des Mazel. La grosse bible, présente dans la famille depuis le siècle dernier. Antoine aimait cette bible comme si elle était quelqu'un de la maison, à qui l'on peut toujours demander aide et conseil. Chez les Mazel, comme chez tous les réformés, on avait appris à lire aux enfants, pour qu'ils connaissent par eux-mêmes les Écritures. Antoine prit la bible à bras-le-corps. C'était un in-folio aussi lourd qu'Élisabeth. Dans la pénombre, il respira l'odeur de cuir du vieux livre que ses parents et ses grands-parents avaient révéré avant lui. Sur la page de garde, il y avait ces lignes qu'il savait par cœur :

Cette bible m'a été donnée par Isaac Mazel, mon très honoré père. Je désire qu'après moi, elle soit pour mon fils, Antoine Mazel, et qu'il la lise soigneusement pour apprendre à connaître et à servir Dieu. Fait à Tournon, en Vivarais, ce dixième de mars 1673, pour le troisième anniversaire de notre aîné, que Dieu a en Sa sainte garde.

Ce livre, c'était le souvenir de ce père qu'il avait si peu connu. Antoine leva les yeux vers sa mère. Elle avait allumé une chandelle pour le guider et dans la lumière dansante elle ne lui avait jamais paru aussi belle. Jeanne avait trouvé le temps de s'apprêter et sa lourde chevelure noire avait disparu sous la coiffe. Dans sa robe de velours gris, égayée d'un grand col en dentelle de Malines, elle avait l'air d'une reine.

« Viens, chuchota-t-elle. Nous cacherons le Livre

dans le clapier de Ferdinand. Ils n'iront jamais le chercher là. »

Ferdinand, le lapin d'Élisabeth, avait échappé au destin de ses congénères. Quand la petite était triste, elle racontait ses malheurs au lapin, et elle croyait qu'il la consolait. À cette heure, elle dormait dans l'appentis, les bras passés autour du cou de Ferdinand. La mère avait de la peine à l'idée de la réveiller, mais il fallait qu'Élisabeth assiste au prêche. C'était peut-être la dernière fois que les réformés pourraient se rassembler autour de leur ministre. On disait dans le pays que l'on avait pendu à Sauve, au Vigan et à Nîmes des pasteurs qui n'avaient pas voulu se séparer des fidèles.

Pendant qu'elle débarbouillait Élisabeth, Antoine avait cloué deux planches pour cacher la bible, et mis sur ces planches plusieurs couches de bûches et du petit bois. Il prit par la main sa petite sœur, qui sortait de son rêve, et lui dit à l'oreille :

« N'aie pas peur des dragons, ils font du bruit, mais ils ne sont pas méchants. Quand nous reviendrons du prêche, il faudra faire un peu d'ordre dans la maison. »

Élisabeth n'avait pas peur. Son frère était là. Il était toujours là pour lui raconter des histoires, lui faire réciter sa prière, ajouter à son trésor un nid de bergeronnette ou une patte de fouine. Avec Antoine, on pouvait aller au bout du monde. Quand il lui donnait la main, les buissons du chemin cessaient de ressembler aux monstres qu'elle voyait dans ses rêves. Sur la draille¹ piétinée depuis des siècles par les troupeaux, Antoine et sa sœur couraient joyeusement. On était encore à une lieue du temple d'Anduze, et il fallait arriver avant le début du prêche.

---

1. Draille : piste suivie par les troupeaux.

2

Le dernier prêche

Sur la route, Antoine donnait rendez-vous à des garçons protestants des villages voisins. On se retrouvait au Mas du Pont. Il valait mieux marcher en bande, car depuis quelque temps, les papistes[1] tendaient des embuscades aux réformés qui s'obstinaient à aller au temple. Pour narguer ses ennemis, qu'il croyait voir cachés dans la garrigue, les mains pleines de pierres, la bouche pleine d'injures, Antoine entonna le psaume 137, l'un de ses préférés :

« *À sac, à sac, qu'elle soit embrasée*
Et jusqu'au pied des fondations rasée... »

« Dans le temps, songea-t-il, nos ancêtres n'avaient

---

1. Papistes : terme injurieux désignant les catholiques.

pas peur des catholiques et ils brûlaient même leurs églises. » Cette fois, la campagne lui paraissait étrangement silencieuse. Les camarades n'étaient pas au rendez-vous habituel. Où étaient passés ses amis du Mialet, de Toiras, de Saint-Hippolyte et de Sauve ? Étonné d'avoir perdu sa troupe, Antoine hâta le pas, entraînant dans sa course Élisabeth qui s'essoufflait à le suivre.

À l'entrée du temple d'Anduze, les fidèles pouvaient voir l'image du Bon Berger, surmontée de cette inscription : *Ne crains point, petit troupeau.* Une foule narquoise guettait les protestants dans la rue du Cimetière à Bourbon, qui donnait sur l'entrée principale. Le troupeau était vraiment petit à présent. La peur des dragons vidait le temple et remplissait l'église, dont la cloche sonnait triomphalement l'annonce de la messe.

D'ordinaire, Antoine s'ennuyait au prêche, à écouter les sermons interminables du pasteur Laporte, dont chaque phrase lui paraissait durer une heure. Aujourd'hui, la présence menaçante des papistes devant le temple faisait de chaque fidèle un héros. Antoine comptait les arrivants. La communauté d'Anduze, avec les gens des villages voisins, réunissait une centaine d'âmes. On était loin du compte. Il y avait douze femmes en bas et dix-neuf hommes dans les galeries qui formaient le pourtour de la nef. La plupart étaient des vieux, ces anciens du consistoire[1] à barbe grise et vêtement sombre, qu'Antoine n'aimait pas trop. Les anciens étaient sévères. Ils obligeaient les veuves à ne jamais quitter le noir et le violet. Jeanne les offensait parce qu'elle aimait à rire et s'habillait de clair.

« Le deuil se porte dans les cœurs et non dans les atours, disait-elle, et je ne veux pas que ma maison soit triste. »

Au fond du temple, les six membres du consistoire étaient à leur banc. Ils n'avaient pas déserté le pasteur Laporte. Jetant un regard désolé sur l'assistance clairsemée, le ministre[2] monta en chaire. C'était un gros homme vêtu d'une robe noire éclairée d'un rabat blanc, portant sur sa courte perruque un feutre en vigogne[3]. Antoine savait contrefaire à merveille la voix nasillarde de M. Laporte, qui n'avait pas l'accent du pays. C'était un pasteur de Genève ; il n'avait pas craint de passer la frontière pour garder dans leur foi les réformés d'Anduze. Les anciens le révéraient pour sa science et son courage. Beaucoup de ministres avaient plié bagage, et il s'en trouvait qui, non contents d'abjurer, mettaient une sorte de rage à convertir. Le pasteur de Saint-Hippolyte, portant désormais l'habit noir et le petit collet des curés, avait, disait-on, porté

---

1. Consistoire : assemblée des anciens, qui dirigent avec le pasteur une paroisse protestante.
2. Ministre : autre nom du pasteur protestant.
3. Vigogne : laine du lama des Andes.

la pioche lui-même le jour où l'on avait détruit son temple. Pour prix de sa trahison, l'évêque de Nîmes, Mgr Séguier, lui avait fait obtenir une pension qui doublait son traitement de pasteur.

Le pasteur Laporte ne mangeait pas de ce pain-là. Antoine n'avait plus envie de singer son accent genevois. De sa voix lente et traînante, qui allongeait la durée de ses prêches, il avait pris pour thème de son oraison dominicale les sept plaies d'Égypte. Jeanne Mazel, avec Élisabeth à ses côtés, tremblait devant l'audace du ministre. Pharaon, qui persécutait les Hébreux[1], ressemblait trait pour trait au Roi-Soleil, assez fou pour défier la colère de l'Éternel. Et le petit troupeau décimé par la peur, dans ce temple d'Anduze trop grand pour une poignée de fidèles, n'était-il pas comme ces enfants d'Israël rassemblés autour de Moïse et d'Aaron ? Antoine approuvait, ravi, les vengeances du Seigneur qui faisait pleuvoir les sauterelles sur les récoltes des Égyptiens.

« Seigneur, priait-il, mets des rats et des charançons dans les greniers de nos papistes, surtout du curé du Chayla, celui qui dit au catéchisme qu'il voudrait nous voir tous pendus. »

Mais il s'inquiétait : sur le banc réservé aux catholiques, qui ne venaient au temple que pour espionner, il voyait son ennemi personnel, un rouquin du village, le grand Raoul de la ferme Saint-Hubert, qui s'amu-

---

1. Hébreux : les protestants, grands lecteurs de la Bible, s'identifient aux Hébreux, le petit peuple élu, entouré d'ennemis et protégé par l'Éternel.

sait à effrayer les fillettes protestantes. Celui-là ne perdait pas une miette des propos de M. Laporte. On le sentait pressé d'aller répéter au curé du Chayla les propos de ce vilain hérétique étranger, qui outrageait en même temps le Bon Dieu et le grand Roi.

Le prêche était fini.

« Maintenant, dit le pasteur avec une gravité inhabituelle, j'invite à communier tous ceux et toutes celles qui n'ont pas démérité aux yeux du Seigneur. »

Raoul regardait, intrigué, ces gens qui commu-

niaient sans être allés à confesse. Le curé lui avait dit que la communion des protestants était comme une adoration du Diable. Cela en rendait le spectacle plus intéressant. Les anciens remplissaient de vin des coupes d'argent et découvraient les morceaux de pain jusque-là protégés par un linge, sur le plateau d'étain posé sur la table de communion. Deux par deux, les fidèles avançaient, les hommes en tête, après avoir remis aux anciens leur « méreau », une médaille de plomb sans laquelle on n'était pas admis à la communion. M. Laporte, descendu de sa chaire, prêtait l'oreille. Il lui semblait qu'une rumeur sourde grondait autour de son temple. Rêvait-il, ou criait-on dehors :

« À mort les hérétiques ! À mort les fils de Calvin ! »

Calmement, il dit :

« Approchez-vous avec révérence et bon ordre. »

Il prit lui-même du pain, le mangea, prit une coupe et but une gorgée. Puis il donna aux fidèles le pain et le vin. En leur donnant le pain, il soupira :

« C'est peut-être la dernière fois que nous communierons ensemble. »

Sur son banc, Raoul frétillait d'aise. Le pasteur Laporte avait bien raison. Les parpaillots n'auraient pas un autre dimanche comme celui-là. Les dragons étaient venus dans le pays pour en finir avec cette engeance. À voir le peu de monde réuni ce dimanche au temple, les soldats avaient déjà fait du bon travail. Le fils Mazel, avec ses grands airs, irait bientôt à la messe comme les autres et on le verrait réciter ses actes de contrition et ses neuvaines à la Bonne Vierge. Raoul était bien heureux d'être né catholique. Il allait pouvoir mener la vie dure aux nouveaux convertis.

Les gens attendaient, à l'intérieur du temple, comme s'ils craignaient de sortir. De fait, on en voyait plusieurs qui se repentaient visiblement d'avoir osé assister au culte, contre la volonté du Roi et du terrible abbé du Chayla. Pour leur donner du courage, le pasteur sortit le premier.

Une clameur salua son apparition. Massée devant le temple, une foule haineuse guettait la sortie des parpaillots. Les protestants étaient sans armes et il y avait parmi eux plus de vieux, de femmes et d'enfants que d'hommes en âge de se battre. Leur petit nombre et leur effroi rendaient plus facile la tâche des convertisseurs. M. du Chayla les avait chargés de montrer à Sa Majesté ce prodige : Anduze l'hérétique devenue en un jour Anduze la catholique.

Les papistes avaient formé une haie, laissant aux réformés un passage très étroit. Il n'y avait pas d'autre issue. Le temple était cerné. Sur l'ordre de l'abbé, les défenseurs de la vraie foi étaient allés couper des verges de bois vert qu'ils faisaient siffler dans les airs.

Le pasteur reçut le premier coup en plein visage. Il n'avait pas levé le bras pour se protéger et il marchait, comme insensible aux insultes de la foule. Un deuxième coup, bien asséné par une forte commère, lui fendit la joue gauche. M. Laporte continuait à avancer, tête haute, et pour soutenir son courage, il entonna d'une voix ferme le psaume soixante-huitième :

« *Que Dieu se montre seulement*
Et l'on verra soudainement
Abandonner la place. »

« Rabattez-lui le caquet », hurla une autre femme.

Antoine la reconnut. C'était une laveuse, que sa mère avait renvoyée parce qu'elle volait du linge.

La Mathurine n'avait pas besoin de bâton. D'un soufflet, elle fit voler le chapeau et la perruque du pasteur, d'un autre, accompagné d'un croche-pied, elle le fit rouler à terre. La foule clama sa joie :

« À mort l'hérésie, à mort le Laporte ! Tue ! tue ! ou bien catholique ! »

Le cri sauvage était répété par mille bouches. Les lèvres éclatées, Laporte essayait encore de chanter. Les gens lui crachaient au visage. À l'église, ils voyaient chaque dimanche l'image du Christ outragé, raillé, battu sur son chemin de croix. Or, ce gros homme que des mains cruelles clouaient au sol, l'empêchant de se relever, n'était pas pour eux un chrétien, mais le chef des malfaisants.

Derrière le pasteur, le cortège s'était arrêté. L'un des anciens, sans regarder les autres, dit d'une voix tremblante :

« Je me réunis.

— Laissez-le sortir, ordonna le curé. Jean Cazenave, vous êtes désormais des nôtres. Je compte bien vous voir cet après-midi aux vêpres. Allons, qui veut suivre ? »

Honteux, les yeux fixés sur le sol, des réformés faisaient, pour la première fois de leur vie, le signe de croix qui les sauvait. La haie attendait, haletante, les opiniâtres trop orgueilleux pour céder.

Jeanne Mazel avait mis Élisabeth dans ses jupes. L'enfant sanglotait :

« Maman, je ne veux pas qu'ils te fassent du mal. »

La foule, soudain silencieuse, guettait sa prochaine victime.

Il se fit un grand tumulte devant le temple. Dans un nuage de poussière, un peloton de dragons venait aux nouvelles. La Rose fut le premier à terre. Tandis que ses hommes dispersaient les catholiques, il marcha vers le pasteur Laporte.

« Au nom du Roi, monsieur, je vous arrête. J'apprends qu'au cours de votre prêche – et je vous assure que vous n'aurez pas de sitôt l'occasion d'en dire un autre –, vous avez comparé notre Roi à Pharaon, le persécuteur des Hébreux. Je ne voudrais pas être dans votre peau. »

Raoul regardait la scène avec un mauvais sourire. Le rouquin, Antoine en était sûr, était allé dénoncer le pasteur aux soldats. Entouré des hommes en habits rouges, le ministre protestant dit, du haut de la charrette où on l'avait fait monter :

« Dieu a voulu pour nous cette épreuve. Qu'Il en soit loué. Ayez confiance, mes enfants. Le bras de l'Éternel est puissant, et le temps de Ses ennemis leur est mesuré. »

Il ne put en dire plus. La carriole l'emmenait, les mains liées derrière le dos. Antoine, la gorge serrée, s'en voulait de ne pouvoir l'aider. N'y aurait-il personne sur Terre pour porter secours aux protestants ?

3

Le saccage

Le chemin du retour parut bien long à Jeanne Mazel. Élisabeth, épuisée, dormait dans ses bras. Le vieux Luc, leur valet, avait eu le courage de venir à Anduze avec la charrette en apprenant qu'on battait les protestants devant le temple. Antoine avait pris place à ses côtés et dirigeait lui-même l'attelage. Les chevaux connaissaient chaque lacet de la route, et Antoine, au lieu de se servir du fouet, les guidait de la voix. Les dragons, repartis au grand galop, ne les avaient pas escortés longtemps. La Rose avait cependant demandé à Picard de veiller sur ses hôtes.

« Vous avez fait aujourd'hui une escapade bien imprudente. Notre sergent a passé sur nous sa colère, quand il ne vous a pas trouvés au logis. J'espère, madame, que vous ne tenez pas aux choses de cette Terre. Car nous avons arrangé votre maison, comme nous le faisions dans le Palatinat, quand les Allemands nous donnaient de l'humeur. »

Jeanne Mazel ne répondit pas. Entre elle et les persécuteurs, c'était désormais la guerre. Elle aurait voulu que les calvinistes prennent l'arquebuse et tirent l'épée, comme leurs ancêtres l'auraient fait. Mais il y avait longtemps de cela. Maintenant, les protestants ne voulaient plus se battre. Les pasteurs enseignaient la soumission à la volonté du Roi et on avait même fêté au temple les victoires de Louis le Grand sur les Hollandais, qui étaient pourtant des protestants.

La veuve supportait mal cette veulerie de ses frères. La lâcheté encourageait l'arrogance des papistes.

Jadis, le pays était tout protestant et l'évêché de Nîmes se plaignait de l'entêtement des Cévenols, qui préféraient aller au feu qu'à la messe. Aujourd'hui, il fallait avoir la foi bien accrochée pour demeurer fidèle au calvinisme. Jeanne était l'une des dernières, avec les Bosc et les Soubeyran de Mialet, à venir au chevet des religionnaires malades. Ce service était dangereux. Un protestant qui gardait la chambre devait tenir sa porte ouverte au curé et aux bonnes âmes de son village, car c'était le moment de lui faire renier sa foi. Combien avaient cédé pour avoir la paix... Jeanne ne leur en voulait pas, mais elle était fière de son Antoine. Celui-là ne lâcherait pas le Christ pour complaire à de faux chrétiens.

Quand elle aperçut enfin la ferme Mazel, elle vit ses poules caqueter comme à l'ordinaire, piaillant quand le coq leur courait après. Elle entendait au loin le bruit familier des clochettes d'un troupeau descendant vers la vallée.

Un spectacle de désolation l'attendait à l'intérieur. Ses armoires avaient été vidées et les soldats avaient donné des coups de sabre et de baïonnette dans ses nappes et ses draps, sans en épargner un seul. Pendant la nuit, les dragons avaient ouvert ses tonneaux, parce qu'ils aimaient son vin clairet. De jour, leur fête n'était plus la même. Toutes les bondes étaient ouvertes, les tonneaux vides nageaient dans la cave inondée, d'où montait l'odeur insoutenable du vin répandu. Aux crochets du plafond, les jambons étaient remplacés par des volailles pendues, le cou tranché. Des têtes de gélines et de poulets jonchaient les tommettes, avec des plumes par milliers. Les dragons, furieux d'avoir été punis, détruisaient pour le plaisir.

Antoine errait dans sa maison dévastée, à la recherche des servantes. Le vieux Luc lui mit la main sur l'épaule.

« Ne cherche plus, fils. La Louise a pris peur quand les soldats ont mis le feu à ses jupes. Marion s'est convertie, à cause de ce damné Picard qui lui tournait autour, comme un enragé. Ayons pitié d'elles. L'apôtre Pierre lui-même a renié trois fois le Christ. »

Jeanne Mazel avait pris un balai. Elle poussa vers l'âtre les débris qui souillaient les belles tommettes dont elle était si fière. Retenant ses larmes, elle appela Antoine. Il leur faudrait des heures pour remettre le logis en état, mais ils le feraient.

Le deuxième jour fut pire que le premier. Le sergent La Rose avait pris possession de la demeure. Il dormait dans la chambre de la veuve et se distrayait à tirer des coups de pistolet dans le ciel de lit. Les poutres du plafond portaient la trace des exercices de tir de la compagnie. Il y avait au mur un portrait de Pierre Mazel en habit de chasseur. Son visage avait disparu : les dragons l'avaient découpé au sabre. En voyant ce trou béant, Jeanne ne put retenir ses larmes.

Le sergent La Rose avait sa réponse toute prête :

« Signez, et nous partirons. Je ne vous comprends pas, madame. Que vous demande le Roi ? Trois petits mots : *Je me réunis*. Pour ces trois mots que vous ne voulez pas écrire, vous souffrez mille morts sur cette Terre. Et vous irez plus tard en enfer, avec les hérétiques de votre espèce.

— Si je devais trouver au ciel des hommes tels que vous, je serais bien aise de ne pas être en leur compagnie.

— Enfin, vous parlez clair, la veuve. Dites-moi, que pensez-vous de nous ? »

Jeanne Mazel découvrait à chaque instant un nouveau malheur : un miroir brisé, des chandeliers d'argent, qu'elle tenait de sa mère, disparus. Les dragons faisaient main basse sur toutes ses richesses. La colère lui faisant oublier un moment son chagrin, elle arracha au sergent le collier avec lequel il jouait. Le fil se rompit, et les perles roulèrent sur le plancher. La Rose, éclatant de rire, les écrasait méthodiquement sous son talon. Assise sur un lit, la tête entre les mains, la huguenote ne se donnait plus la peine de cacher son mépris :

« Je loue l'Éternel de m'avoir montré grâce à vous le vrai visage des papistes. Vous n'avez ni cœur ni entrailles. Voilà de beaux soldats, qui se mettent à quinze pour faire violence à une femme seule, et de vrais chrétiens, qui nous enseignent par leurs actes ce que vaut la charité des catholiques. Je vous remercie d'avoir écrasé ces perles. Chacune d'elles est une âme restée fidèle au Christ. Vous pouvez battre, contraindre, et même faire signer aux plus faibles d'entre nous vos maudits billets. Nos âmes, vous ne les aurez jamais.

— Patience, la belle, patience. J'ai déjà entendu cela ailleurs. Nous autres dragons, nous avons pour convaincre les entêtés des raisons invincibles. Qui peut nous résister est bien fort. »

Jeanne Mazel sortit de cette maison qui n'était plus la sienne. Les dragons fouillaient la ferme de la cave au grenier, se disputant chacune de leurs trouvailles. Un petit bracelet qu'elle avait donné à

Élisabeth, un mortier de pharmacien, une belle pièce de brocart tissée de fils d'or et d'argent, qui lui restait du commerce de Pierre... L'une après l'autre, les belles choses qui témoignaient de la fortune passée des Mazel disparaissaient dans les musettes des dragons. Picard poussa soudain un cri de joie. Il avait découvert au fond d'une armoire un petit psautier[1].

« Sergent, nous oublions notre devoir. Où est donc la bible huguenote de cette maison ? »

Depuis l'édit du 18 octobre 1685, les protestants tremblaient pour leurs bibles et leurs recueils de prières, bien qu'ils ne fussent pas tenus de les détruire. Les nouveaux convertis apportaient comme preuve de leur abjuration les bibles et les psautiers transmis de génération en génération. On en faisait un beau feu de joie. Les galères menaçaient les endurcis qui affichaient leurs croyances et tenaient des assemblées.

Jeanne Mazel ne craignait point pour sa bible. Jamais les dragons n'iraient la chercher sous l'amas de bûches de l'appentis.

À la tombée de la nuit, les soldats s'avouèrent vaincus. Ils avaient retourné les matelas, sondé avec leurs baïonnettes le foin du grenier, éventré les

---

1. Recueil de chants religieux en français.

édredons, soulevé le plancher de la cuisine. En vain. Le Livre Saint restait introuvable. Et pourtant, La Rose avait ordonné que l'on poursuivît la recherche. Au début, le jeu avait amusé la troupe, mais après des heures de quête infructueuse, l'humeur des dragons s'était assombrie. Ils se repentaient d'avoir débouché tous les tonneaux : ils avaient soif et il n'y avait plus rien à boire. Les dernières volailles avaient à peine suffi pour le dîner. Avait-on de quoi souper ? Les réserves de la maison étaient épuisées. Il restait bien quelques sacs de fèves et de pois chiches, mais comme le disait Belle Épine : « Ces nourritures-là sont bonnes pour les paysans. » Un dragon aime à festoyer, et il lui faut la table bien mise.

Antoine avait vu, à leur mine, que les soldats allaient passer sur sa mère la colère accumulée tout au long de la journée. Ils avaient dévasté la maison, ils pouvaient s'en prendre maintenant à ceux qui l'habitaient. Poussés par Picard, les soudards chantaient en chœur :

« C'est à boire, à boire, à boire,
C'est à boire qu'il nous faut,
Ho, ho, ho, ho ! »

La gaieté de la nuit dernière avait viré à une fureur noire, qui n'attendait qu'un signe pour se déchaîner. Les hommes désœuvrés et affamés tapaient du pied, tapaient du poing sur la table.

« On ne s'amuse plus ici ; où sont les servantes ? Foutus huguenots, ne laissez pas le dragon sur sa soif,

sinon nous allons faire un beau feu dans l'âtre. À Saint-Andéol, nous avons brûlé les pieds d'un grigou qui voulait garder pour lui ses bouteilles. »

La robe de mariée de Jeanne, rangée dans un coffre d'olivier, avait par miracle échappé aux brigands. Jeanne alla la chercher, la déplia tristement. La soie blanche, du gros de Naples[1] comme on n'en trouvait plus, était ornée de rangs de perles qui descendaient du col jusqu'à la ceinture, et le tissu n'avait pas perdu sa fraîcheur.

« Antoine, le pâtissier de Mas Noël va marier sa fille le mois prochain. Il serait bien aise de lui faire porter pareille robe. Tires-en ce que tu peux, pour satisfaire nos hôtes. »

Antoine avait une bonne lieue à parcourir dans la nuit, mais les expéditions nocturnes ne lui faisaient pas peur. Une lanterne sourde éclairait ses pas, tandis qu'il marchait dans les ténèbres, prêtant l'oreille aux bruits familiers de la campagne cévenole. Il entendait le ululement lugubre du chat-huant en chasse, et la courte plainte d'un animal tombé sous la griffe ou sous le bec d'un ennemi affamé. « Pauvre campagnol, songeait-il, tu n'as pas de chance, toi non plus. »

De gros nuages cachaient la lune et les étoiles. Mais Dieu voyait quand même, Antoine en était sûr, les iniquités commises par les papistes. « Quand ils auront envoyé aux galères tous les bergers des Cévennes, se disait le gamin, il restera un berger invisible pour nous guider. L'Éternel est avec nous. » Cette pensée fortifia son courage. Déjà les lumières du Mas Noël étaient toutes proches. Il courut vers la maison du pâtissier, reconnaissable à son four, rougeoyant dans les

---

1. Gros de Naples : étoffe de soie à gros grain.

ténèbres. Le bonhomme devait préparer de bons pâtés de viande, à en juger par l'odeur savoureuse qui rappelait à Antoine qu'il n'avait rien mangé depuis la veille.

Antoine ne s'était pas trompé. Le torse nu, Nicolas Paulin enfournait sur une longue pelle des pâtés de viande et de poisson. On venait de loin pour les friandises de Nicolas Paulin, en lui apportant du gibier, des faisans, des chevreaux qu'il enrobait d'une pâte légère dont il gardait jalousement le secret. À la vue d'Antoine, le brave homme haussa les sourcils.

« Que fais-tu dehors à cette heure-ci ? La nuit n'est pas sûre pour vous autres. Le jour non plus d'ailleurs. Je ne sais pas pourquoi on vous en veut, mais c'est le bon plaisir du Roi. Que portes-tu là, petit ?

— La robe de noces de ma mère. Elle vous demande si vous en aurez l'usage pour le mariage de Guillemette. Vous n'en trouverez pas une pareille douze lieues à la ronde.

— Ne me fais point l'article, Antoine. Va la porter aux femmes, c'est leur affaire et je ne voudrais pas que cette belle robe prenne l'odeur de mes pâtés. »

Geneviève Paulin inspectait minutieusement les atours de la protestante, pour leur trouver un défaut caché. Il ne manquait ni une perle, ni un point, et les galons de moire avaient conservé tout leur éclat. La dentelle du col n'avait pas jauni et ses fils étaient restés intacts. L'épouse du pâtissier songeait déjà à la jalousie des dames qu'elle inviterait aux noces de Guillemette. Elle n'avait jamais vu une robe aussi belle, et le plaisir de dépouiller la fière Jeanne Mazel augmentait encore son plaisir. Elle se garda bien de le montrer.

« Cette mode est bien vieillotte. On travaille autrement aujourd'hui, et une belle fille comme ma Guillemette n'est pas comme vos dévotes, qui cachent toujours leurs appas. Dis à maître Nicolas de te donner six pâtés de rouelle, plus un pâté de godiveau, pour te payer de ta peine.

— Ce n'est pas pour nous, madame, que j'ai fait ce chemin. Les dragons logent chez ma mère, parce que nous sommes protestants, et ils nous ont tout mangé et tout bu. Des pâtés, maître Nicolas en refera demain, aussi bons que ceux de cette fournée. Mais cette robe n'a pas sa pareille au monde.

— Tu feras un bon marchand, Antoine. À Nîmes, cette robe vaudrait sans doute davantage, mais je ne vous crois pas en état de discuter. Ce sera six pâtés ou tu peux repartir avec ta guenille. Demain, quand les dragons vendront ce qui vous reste, je pourrai l'avoir pour rien. »

Antoine lisait dans l'âme étroite de Geneviève Paulin. L'avarice luttait en elle avec l'avidité.

Il replia la robe, la recouvrit d'un linge et la remit dans son panier.

« J'en aurai meilleur compte chez la Pauline, celle qui tient cabaret au Viala. Elle sait ce qui est beau.

— Et son cabaret est un bouge à soldats. N'as-tu point honte de faire commerce d'une robe de mariée ?

— La honte n'est pas pour moi, madame. Le Seigneur a vu dans quelles extrémités nous sommes, et Il nous sait dévoués à Le servir. Nous ne l'honorons pas de la même manière, mais je crois que le Christ se souviendra des pâtissiers qui ont nourri des chrétiens dans le besoin.

— Mon Dieu, que ces parpaillots ont la langue bien pendue. Ils vous tournent leur discours de telle manière qu'ils vous prennent toujours plus que l'on ne veut donner. Va t'arranger avec mon mari. »

Malgré elle, la femme du pâtissier ressentait de la pitié pour ce gamin qui devait marchander la subsistance d'une journée. Voilà où en était cette famille Mazel, naguère la plus riche du pays.

Nicolas Paulin n'était pas un ladre. Pour prix de la belle robe, il chargea sa carriole de pâtés de pigeon, de lamproie, d'artichaut, de lapin et de rouelles de veau. Toute sa fournée y passa, et le brave homme y ajouta trois cruchons de son eau-de-vie et un tonnelet de vin jaune.

« N'en dis rien à Geneviève, elle est un peu près de ses sous, mais j'ai caché au fond de la charrette un panier de bonnes choses, car je serais bien surpris que les dragons partagent avec vous. »

Antoine n'aurait jamais avoué qu'il avait faim, mais ses yeux parlaient pour lui. Nicolas Paulin soupira :

« Je vais te faire goûter le plat que je servirai en paradis, quand je serai pâtissier là-haut. C'est mon pâté de godiveau. On y met de bonnes choses : du veau haché, de l'andouillette, des cœurs d'artichauts, du jaune d'œuf... »

Antoine n'écoutait pas la litanie du pâtissier. À peine sortis du four, tout dorés et fumants, les pâtés semblaient lui dire : « Mange-moi. » L'affamé ne pouvait résister à pareille invite. Maître Paulin en riait d'aise :

« Vas-y de bon cœur, petit, c'est autant que vos invités n'auront pas... »

Le garçon rougit jusqu'aux oreilles. Il avait un instant oublié sa mère, qu'il avait laissée seule avec ces furieux. L'homme lui tapa sur l'épaule.

« Ne te charge pas de plus de soucis que tu n'en peux porter. Partons. »

Grâce au mulet de maître Nicolas, qui semblait deviner la hâte d'Antoine, le retour se fit sans encombre. Il n'était que temps. À une portée de fusil, on entendait le vacarme des dragons.

« Il y a des diables chez vous, dit le pâtissier effaré.
— Ce sont les soldats du Roi, qui nous enseignent à être bons catholiques. »

Maître Nicolas fit un signe de croix. Il aurait volontiers tourné bride, mais il avait honte d'abandonner Antoine à cette horde. Forçant un peu son courage, il frappa à la porte de la ferme, comme s'il venait livrer ses victuailles à des hôtes de marque.

« Mes braves, vous me direz des nouvelles de ces pâtés. Ils vous permettront de garder en mémoire le nom de Nicolas Paulin. Et pour les faire descendre, j'apporte du vin clairet et de l'eau-de-vie de ma façon. »

Une clameur effroyable salua ses propos, comme si tous les démons avaient pris place à la table de Jeanne. Le Charmeur avait déjà ouvert avec son sabre la belle bourriche d'osier et il jetait pâtés et bouteilles aux camarades.

Le pâtissier s'enfuit sans présenter sa note. La maison lui avait donné une idée de l'enfer : la ruine et le deuil y campaient ensemble. Tout au long du chemin, le visage blanc de Jeanne le poursuivit, comme s'il était responsable de ses malheurs.

4

La nuit des tambours

Les soldats se levèrent au point du jour, en pestant contre leur sergent. La paix leur avait fait perdre l'habitude de l'exercice, et La Rose les trouvait amollis.

« Vous n'aurez pas toujours en face de vous des bourgeois épouvantés criant grâce à la vue de vos mousquets. Je vais refaire de vous de vrais dragons, aussi vrai que je m'appelle La Rose », criait-il, en secouant ses hommes ensommeillés.

Les dragons étaient descendus au bord de la rivière et Antoine entendait battre leurs tambours.

La Rose leur faisait recommencer indéfiniment les mêmes mesures. Antoine en devenait fou. Il avait beau se boucher les oreilles, le roulement sourd des

baguettes sur les peaux d'âne des caisses lui disait :
« Signe, signe, ou nous jouerons toujours. »

Seul le Parisien était resté à la ferme.

« Tu comprends, expliquait-il, je n'ai pas l'oreille musicienne. Le sergent a tout essayé pour m'apprendre, et ses coups de bâton m'ont tenu lieu de leçons de solfège. Mais quand on ne peut pas, on ne peut pas. Alors, je suis de corvée de nettoyage. »

Il avait démonté un mousquet. Tout en astiquant son arme, il parlait au garçon du temps lointain de son enfance :

« C'est drôle, j'étais parti pour être menuisier comme mon père. Nous habitions près de la Bastille. C'est une grande prison, qui fait ombre sur tout le quartier Saint-Antoine. À cette heure, si j'avais suivi ma voie, je serais maître ébéniste, avec femme et enfants, et une belle boutique, au lieu de trembler quand j'entends crier La Rose. Seulement, j'ai cru malin de défier mon père, quand les recruteurs sont passés. On nous a payé à boire, on m'a mis un écu dans la main, j'ai signé d'une croix sur un bout de papier et me voilà soldat jusqu'au moment où on me donnera congé, quand je serai trop vieux. »

Il cracha sur le canon de son mousquet pour le faire briller. Antoine avait pris une courte carabine. Le Parisien lui avait appris à épauler et à recharger son arme.

« Le mousquet, vois-tu, demande de l'habitude ; il te faut des mois d'exercice pour savoir abattre ton homme à cent pas, comme dit le règlement. C'est lourd, un mousquet, et cela peut vous exploser au visage. C'est comme cela que le Charmeur a perdu la moitié du sien. Maintenant, M. de Louvois nous a donné la carabine. On s'en sert quand on combat à cheval. Le dragon démonté se bat à la baïonnette. Ce n'est pas beau à voir. La Rose nous entraîne sur un mannequin. On lui enfonce la lame là où se trouve le ventre, et on la fait tourner. La Rose aime cela. Il dit qu'il n'y a rien de meilleur que d'entendre le gargouillis des boyaux d'un homme qui a reçu un bon coup de baïonnette. Mais je te conte des choses au-dessus de ton âge. Pardonne-moi, l'Antoine, ça me fait de la peine de vous voir traités comme des ennemis. »

Au loin, les tambours battaient toujours.

Le bruit s'était répandu à la ronde que les Mazel vendaient ce qu'ils avaient de plus précieux, pour nourrir les dragons. Comme une traînée de poudre, la rumeur avait couru d'un bourg à l'autre, attirant vers la ferme une foule avide. Il en venait de partout, de Saint-Jean-du-Gard, de Sauve, de Ganges, d'Anduze et de Mialet. Le Gévaudan avait capitulé en masse, à l'arrivée des dragons, appelés par le nouvel intendant du Languedoc, le terrible Lamoignon de Bâville. Cette famille Mazel, comment faisait-elle pour tenir tête aux soldats ? Les nouveaux convertis et les catholiques formaient une longue procession en marche vers la maison de Jeanne Mazel.

Celle-ci était seule quand elle entendit les voix des premiers arrivants. Elle avait autorisé Antoine à prendre un peu de bon temps, en compagnie du Parisien. Le gamin s'exerçait à la carabine. Elle avait des remords de lui en avoir tant demandé au cours de ces deux nuits d'angoisse. Assise sur le seuil de sa porte, elle ravaudait un drap sauvagement troué, tout en prêtant l'oreille au babil d'Élisabeth, qui faisait ses confidences à Ferdinand. Le gros lapin gris avait toujours apaisé les chagrins de sa fille ; tant qu'il serait là, Élisabeth supporterait les malheurs qui accablaient la maison.

Soudain, elle leva les yeux. Elle se sentait observée. Raoul et la Mathurine se tenaient au premier rang de la foule qui grossissait autour de la ferme. Elle avait toujours détesté le rouquin, sans trop savoir pourquoi et en se reprochant même de ne pas l'aimer. À présent, il lui rendait la monnaie de sa pièce. Imitant l'accent d'un commissaire-priseur, il feignait de lire une liste de lots à vendre et faisait rire l'assistance, venue pour voir de près la capitulation de la fière Mazel :

« Premier lot, une vieille serge verte et une méchante table brisée, le tout pour une somme de vingt-deux sous, la maison offrant gratis une poudre spéciale qui chasse l'odeur du protestant. Qui en veut ? »

La Mathurine se prêtait au jeu, riant fort pour narguer son ancienne maîtresse. Aidée de deux commères, elle sortait de la bâtisse les objets encore intacts. Les paysans soupesaient du regard les dépouilles offertes. Pour eux, ce n'était pas un jeu.

Une main se leva.

« Je prends, mais à vingt sous. L'odeur de huguenot ne m'incommode point. Pour qui les vingt sous ?

— Pour moi », dit vivement La Rose.

Le sergent avait interrompu l'exercice en entendant des voix et des bruits de pas dans la garrigue qui entourait la ferme. Comme à Anduze, il aimait à rester le maître. C'était à lui de faire peur, à lui aussi de tirer profit des religionnaires. D'un revers de main, il écarta Raoul et prit la direction des enchères.

« Toi, va donc voir ailleurs si j'y suis. Je n'ai point de goût pour les rouquins. Mais puisque tu m'as l'air d'aimer l'argent, sache que j'offre au nom du Roi un bel écu à qui trouvera la bible cachée dans cette maison. Et bien cachée d'ailleurs. Mes dragons y ont perdu toute une journée. Je reprends la vente », dit-il en faisant disparaître les sous du paysan dans sa large poche.

Raoul avait rougi sous l'insulte. Il ne supportait pas la moquerie. Mais sa rage contre le sergent demandait à être apaisée sur un être sans défense. Il errait, à distance respectueuse de La Rose, autour de la ferme. Pour se racheter auprès des dragons, il rêvait d'une action d'éclat. On ne l'appellerait plus « le rouquin », ou il en cuirait aux insolents. Ce peureux voulait faire peur.

Dans l'appentis, Élisabeth apprenait un psaume à Ferdinand. Le gros lapin fronçait le nez et rabattait ses oreilles, tandis que l'enfant, lasse de chanter, le caressait tendrement. Ferdinand avait l'âge d'Élisabeth, il était né comme elle le 8 mars 1680, et devait à cette circonstance de n'avoir pas fini dans le poêlon de Louise. Les friandises que lui apportait sa maîtresse lui avaient fait perdre son agilité. Élisabeth était bien tranquille : Ferdinand était trop vieux et trop paresseux pour se sauver.

Raoul avait trouvé sa victime. Soulevant Ferdinand par les oreilles, il chuchota à l'enfant terrorisée :

« Où ont-ils mis la bible ? Tu sais où elle est, j'en suis sûr. Et tu me le diras, ou je tue ton lapin. »

La petite secoua la tête.

« Je te jure, Raoul, ils ne m'ont rien dit. L'autre jour, il y en avait une et maintenant il n'y en a plus. Ce sont peut-être les soldats qui l'ont prise. »

Raoul donna un coup léger sur la nuque du lapin.

« Si je tape un peu plus fort, adieu Ferdinand. Tu seras triste ce soir, quand tu dormiras sans lui. »

Tenu fermement par les oreilles, le lapin cherchait à s'échapper. Raoul ricana :

« Il me fait penser à vous autres. Tu me dis où est la bible, oui ou non ? »

Élisabeth baissa la tête. Elle n'aurait pas voulu pleurer devant Raoul, mais les larmes étaient plus fortes

qu'elle. Pour sauver Ferdinand, elle aurait tout avoué. Mais elle ne se souvenait plus.

Raoul lâcha l'animal, qui partit en sautillant, cherchant un abri sous la paille. La petite fille jeta sur Raoul un regard reconnaissant. Il n'était pas si mauvais. Elle n'avait rien dit et il n'avait pas tué son lapin. Sa mère serait contente.

Le garçon fouillait fiévreusement l'appentis. Son instinct lui soufflait que le livre caché était là. S'il le trouvait, quel triomphe ! Il serait plus fort que les dragons. Il entendait la rumeur de la foule qui se disputait les meubles et les hardes des Mazel. Il fallait qu'il trouve cette damnée bible huguenote avant que les gens ne s'en aillent. La Rose serait bien obligé de lui donner l'écu promis et de le féliciter publiquement. Il remua la paille, passa sa main à l'intérieur du clapier de Ferdinand, enfonça son couteau dans la terre battue à la recherche du Livre Saint. Mentalement, il offrit à la Vierge la moitié de sa prime s'il trouvait ce soir la cachette des Mazel. Mais la Vierge n'était pas de son côté.

Au bout d'une heure, Raoul renonça. Les hérétiques avaient partie liée avec le Diable, et Satan, leur maître, avait rendu la bible invisible.

La colère montait en lui comme du lait sur le feu. Il crut lire de la moquerie dans les yeux d'Élisabeth.

« Je te fais rire, hein, petite huguenote ? Eh bien, je vais te faire passer l'envie de rire. »

Ferdinand s'était tapi dans le coin le plus sombre

de l'appentis, mais Raoul n'eut aucun mal à le trouver. D'un coup sec, derrière les oreilles, il brisa la nuque du lapin gris. Soulagé de sa rage, il jeta sa victime aux pieds d'Élisabeth.

« Garde-le, il sent trop mauvais pour que je le dépouille. »

La petite avait pris l'animal dans ses bras. Elle lui remuait les pattes dans l'espoir de le voir sautiller. Peut-être Ferdinand faisait-il semblant d'être mort ? Elle le posa sur le sol, se coucha à côté de lui et pleura doucement.

Longtemps, Antoine devait se reprocher d'avoir abandonné les siens à l'heure du danger. Le Seigneur, attentif à punir le moindre relâchement, avait frappé par deux fois la famille. Il aida Élisabeth à enterrer Ferdinand, et fit une sépulture recouverte de grosses pierres pour qu'il échappât aux fouines et aux renards. La maison avait été vidée ; La Rose, faisant argent de tout, avait tiré cent écus des biens des Mazel. Il ne leur restait plus rien. Triomphant, le sergent tapa sur l'épaule de la veuve.

« Foi de La Rose, vous me plaisez. Vous n'avez pas eu une larme quand ces gens partaient avec vos meubles. Et je gage qu'il y avait parmi eux plus d'un de vos anciens amis. Maintenant finissons-en. Signez ce billet et nous décampons ce soir. Nous avons perdu assez de temps ici, pour trois âmes à sauver.

— Décampez, vous ferez bien. Vous n'attirez que le mal. Je n'ai rien à signer.

— Cette nuit ne finira pas sans que vous ayez changé d'avis. Je vous l'ai déjà dit, on ne résiste pas aux dragons. »

La Rose était de belle humeur. Il avait cent écus en poche et sa troupe aurait pu défiler devant M. de Louvois en personne. Les coups de canne avaient rendu leur souplesse aux mains de ses tambours. La Rose aimait la musique, c'était pour lui l'agrément de la vie du militaire. Jetant une grosse pièce d'argent que Belle Épine attrapa au vol, il ordonna :

« Va donc chercher d'autres pâtés chez ce maraud du Mas Noël, avec quelques bouteilles de son clairet. Il vous descend dans la gorge comme le Bon Dieu en culotte de velours. »

La table était superbe. Sur un commandement du sergent, les dragons avaient mis de l'ordre dans la salle et emprunté au voisin Morlevat les bancs et les chaises qu'il venait d'acheter à vil prix. Ce grigou de Morlevat avait bien fait un peu la grimace, mais en lui caressant les côtes avec le plat de leur sabre, Picard et le Charmeur avaient découvert en lui des trésors de bonne volonté. Une belle pièce d'étoffe volée dans le temple de Ganges tenait lieu de nappe et les douze bouteilles de clairet s'alignaient sur deux rangs, comme les soldats de la compagnie. Des plats couverts montait l'odeur savoureuse de la pâte briochée. Picard s'apprêtait déjà à sonder le ventre d'un gâteau de palombes mais La Rose l'arrêta net :

« On ne touche à rien avant la venue de notre hôtesse. »

Galamment, il donna le bras à Jeanne Mazel qu'il installa à la place d'honneur. Antoine se demandait ce que signifiait ce manège ; ce La Rose si obligeant qui succédait au La Rose terrifiant ne lui disait rien de bon. Il aurait bien conseillé à sa mère de ne pas s'asseoir à la table de ses persécuteurs, mais les pâtés de maître Nicolas cachaient sous leur croûte dorée mille bonnes choses dont l'odeur lui chatouillait délicieusement les narines. L'appétit dissipait sa méfiance. Il engloutit si vite une tranche de godiveau qu'il crut s'étouffer. Avec un gros rire, le Parisien lui donna une tape dans le dos.

« Ne mange pas sans boire, Antoine. Ce serait dommage de voir périr un bon compagnon comme toi. Grandis un peu, et tu feras un fier dragon. »

Élisabeth ouvrait des yeux ronds. Elle n'avait toujours pas compris pourquoi sa mère avait invité tous ces messieurs, et elle était trop triste pour manger. Tirant la manche de La Rose, elle lui demanda :

« Quand est-ce que vous allez partir ? »

Le sergent lui sourit.

« Demande à ta mère, petite. Elle le sait mieux que moi. »

Il régnait sur la tablée un calme singulier. Les dragons ne juraient pas, ne chantaient pas et le sergent leur avait même interdit d'allumer leurs pipes.

« Notre hôtesse est une grande dame. Levons nos verres en son honneur. Debout. »

Claquant des talons tous ensemble, les dragons vidèrent un pot de clairet pour saluer la belle Jeanne Mazel.

La protestante avait laissé son assiette intacte. Depuis deux nuits, elle raidissait sa volonté pour ne pas s'abandonner. Elle s'était préparée par la prière à résister aux violences. Et voilà que ses ennemis devisaient amicalement avec elle, comme s'ils se repentaient du mal qu'ils lui avaient fait. Elle ne savait plus que penser et son esprit oscillait entre le soulagement et l'inquiétude. Une immense torpeur l'envahissait. Dormir, dormir enfin, elle ne voulait rien d'autre pour le présent.

La Rose semblait lire dans ses pensées. Il s'inclina devant elle.

« Je vous vois fatiguée, madame. Prenez avec vous cette petite qui me paraît tomber de sommeil. Votre lit vous attend. »

On ne pouvait faire plus beau cadeau à Jeanne. D'un signe de tête, elle remercia le sergent. Demain, après une nuit de repos, elle y verrait plus clair. Rendant grâces au Seigneur, elle s'endormit en serrant sa fille dans ses bras.

Rassurée par la chaleur du corps de sa mère, Élisabeth rêvait de Ferdinand. Il sautillait dans l'herbe pour lui montrer qu'il n'était pas mort. Dans le pays où elle jouait avec son lapin, il n'y avait pas de dragons et la maison était belle comme avant.

Le premier sommeil passé, sa mère sortait lentement de sa torpeur. « Je suis trop fatiguée pour bien dormir », pensa-t-elle. Tant que les dragons seraient là, elle savait qu'elle ne serait pas en paix.

Dans les ténèbres, l'oreille s'aiguise. Jeanne, à l'affût du moindre bruit, s'inquiéta soudain du silence qui l'entourait. Les hommes, ça crie, ça rit, ça jure, ça ronfle. Pourquoi les dragons ne faisaient-ils plus leur vacarme ordinaire ? Elle n'osait pas se lever, de peur de réveiller Élisabeth. Pourtant, elle aurait bien fait un tour dans sa maison. La Rose avait été trop prévenant. Il devait mijoter un mauvais coup de sa façon.

« Si Antoine était là ! » soupira-t-elle, regrettant d'avoir envoyé son garçon dormir à l'écurie.

Un roulement de tambours la fit sursauter. La Rose était-il devenu fou ? Les dragons jouaient dans le noir l'air qu'il leur avait fait répéter toute la journée. Le roulement se faisait de plus en plus fort. Jeanne, dans sa maison vide, se sentait prisonnière de la musique joyeuse et menaçante du sergent La Rose. Les vitres vibraient, les murs, dépouillés de leurs tentures, renvoyaient l'écho assourdissant des battements.

Jeanne entendait son cœur battre à l'unisson, de plus en plus fort, de plus en plus vite. Élisabeth hurlait, mais ses pleurs étaient couverts par les roulements qui envahissaient la chambre. Inlassablement, les tambours martelaient l'air de la soumission.

Réfugiée sous la couverture, Élisabeth suppliait :

« Maman, je voudrais qu'ils s'arrêtent. J'ai peur. »

Elle lui caressa les cheveux, collés à ses tempes par la sueur de l'angoisse.

Soudain, les tambours se turent. Éclairé par un flambeau, le sergent La Rose souriait, au pied du lit.

« J'espère que vous avez aimé notre aubade. Vous ne pouvez imaginer le mal que je me donne pour que mes hommes soient bons musiciens. Vous autres huguenots, vous aimez la musique. Eh bien, vous en aurez, madame, tant que vous n'aurez pas cédé. »

Sur son signe, tous ses hommes étaient entrés dans la pièce et avaient installé leurs caisses autour du lit.

« Jouez, mes enfants, pour Mme Mazel et mettez-y du cœur. »

La Rose riait. La petite Élisabeth se pelotonna contre sa mère, chuchotant :

« Je crois que c'est le Diable. »

L'enfant ferma les yeux pour ne plus voir ce géant qui la terrifiait, avec son grand sourire, sa moustache noire et ses yeux trop brillants. Elle se bouchait les oreilles, mais le bruit entrait tout de même dans sa tête.

La musique reprit de plus belle, lancinante, cruelle. Chaque roulement de tambours s'attaquait au courage de Jeanne Mazel. Elle jetait des regards éperdus autour d'elle, sans l'espoir d'un secours ou d'un mouvement de pitié. Les dragons tapaient sur les caisses

de toutes leurs forces, pour en finir avec cette obstinée qui les tenait éveillés. La Rose, impassible, battait la mesure sur ses bottes avec sa badine, sans quitter des yeux ses victimes. Jeanne sentit sa fille se raidir. Un son inarticulé sortait de la gorge d'Élisabeth. Ce n'était plus un cri, ni une plainte, cela n'avait plus rien d'humain. Le regard de l'enfant devenait fixe, un tremblement ininterrompu secouait son corps trempé de sueur.

« Arrêtez, supplia Jeanne, vous la rendez folle. »

La Rose fit un signe à ses musiciens. Le silence revint, apaisant, comme pour inviter la pauvre femme à capituler. Assis à califourchon sur une chaise, le géant hocha la tête avec un air apitoyé.

« Allons, madame, vous n'allez pas nous obliger à recommencer. Voyez votre petite, elle en tremble déjà. Signez, et vous pourrez dormir. »

Tentateur, il avança vers la main de la veuve le billet, la plume, l'encrier : les trois instruments du reniement. Jeanne fit non de la tête.

« Soit, dit le sergent, vous l'aurez voulu. Plus fort, tambours. Notre hôtesse entendra cet air jusqu'à s'en rassasier. »

Au point du jour, elle céda. Élisabeth ne se bouchait plus les oreilles. « Mon Dieu, pria Jeanne, faites qu'elle ne soit pas devenue sourde. Elle est trop petite pour qu'on la fasse tant souffrir. » Les dragons épuisés par leur nuit blanche jouaient mécaniquement et La Rose, les yeux mi-clos, continuait à battre la mesure. La protestante dut hurler pour se faire entendre de son bourreau. Ou peut-être prenait-il son temps ?...

D'une main tremblante, elle écrivit : *Je me réunis.*

« Seigneur, pensa-t-elle, Tu sais que je ne Te renie pas. On me fait violence, comme on a fait violence à Ton fils. »

La Rose la surveillait.

« Datez : *Ce trentième d'octobre de l'an de grâce 1685.* Et signez lisiblement au bas de l'acte. Vous voilà entrée dans l'Église catholique, apostolique et romaine. Votre âme est sauvée.

— Est-ce fini ?

— Pas tout à fait. Il faut également sauver l'âme de vos enfants. Signez pour Élisabeth, elle n'a pas l'âge de raison. Et que l'on fasse venir votre Antoine. Il me tarde de voir ce gaillard bon chrétien. Vous pouvez vous vanter de m'avoir donné plus de fil à retordre que tous les parpaillots des Cévennes. »

Jeanne ne pouvait même plus pleurer. La source de ses larmes était tarie. Elle avait signé, elle était indigne de porter le nom de Mazel. « Pierre, qu'ai-je fait ? » songea-t-elle. Les dragons remettaient les baguettes dans leurs étuis. Ils avaient gagné la partie.

Deuxième partie

5

Résister

Jamais l'abbé du Chayla n'avait été à pareille fête. La Toussaint de 1685 resterait dans l'histoire des Cévennes comme son jour de gloire : le temple d'Anduze, désert, attendait la pioche des destructeurs, l'église était trop petite pour la foule des nouveaux convertis. Le curé en avait fait ouvrir toutes les portes, et les anciens protestants s'initiaient avec gêne aux rites des papistes.

Du haut de sa chaire, du Chayla savourait son triomphe. La semaine d'apprentissage avait été rude, mais il pouvait être content de ses convertis. En quelques jours, il les avait débarbouillés de leurs habitudes hérétiques. À présent, ils faisaient le signe de croix comme les autres, ils pliaient le genou devant le tabernacle, récitaient leurs oraisons, et se découvraient dévotement devant la Mère du Christ. Cette messe de Toussaint allait couronner ses efforts, et il était sûr que, dans le ciel, les anges contemplaient, ravis, le grand miracle d'Anduze.

La veille avait été employée, par l'armée de capucins qui avaient envahi le bourg, à une revue générale des croyances des convertis.

« Qu'est-ce que le purgatoire ?

— C'est le lieu où les âmes des pécheurs attendent, tandis que les flammes leur rôtissent les genoux, que le Seigneur les reçoive en Son paradis.

— Pourquoi prie-t-on le bon saint Roch ?

— Pour qu'il écarte la peste de nos villages.

— Et saint Expédit ?

— Si l'on invoque ce bon petit saint, vos prières arrivent plus vite dans l'oreille du Bon Dieu, et vos vœux sont satisfaits. *"Saint Expédit, priez pour nous, pauvres pécheurs, expédiez en enfer tous nos ennemis, et guérissez vite les bons chrétiens."* »

On avait eu du mal avec le sacrement de la communion.

« Qu'as-tu sur la langue, quand tu prends l'hostie ?

— Du pain.

— Mais non, parpaillot ! Tu as dans ta bouche le corps de notre Seigneur, mort sur sa croix pour des païens comme toi. »

Il y avait des têtes dures. Une histoire faisait le tour du pays : à Ganges, un paysan avait craché l'hostie dans son chapeau, gâchant le spectacle des conversions miraculeuses, devant un évêque scandalisé. On avait fait prompte justice. L'homme avait eu le poing coupé, la langue tranchée, avant d'être pendu. Celui qui retombait dans l'erreur était proclamé relaps, et l'Église le rejetait. Les potences érigées dans les grandes villes avertissaient les nouveaux convertis. Malheur à celui qui renie sa parole.

À Anduze, la douceur avait triomphé. Du Chayla recensait la liste des conversions. Depuis la venue des dragons, il avait porté sept mille huit cent cinq noms sur son registre. En tête, l'abbé inscrivait fièrement les noms des ministres : quatre-vingt-quatre pasteurs cévenols avaient opté pour la sortie du royaume, trente-neuf avaient abjuré. Leur capitulation avait entraîné celle des fidèles. On savait le sort réservé aux derniers opiniâtres. Qu'était-il arrivé au ministre Laporte ? À cette heure, le torse nu, le dos zébré de coups de fouet, il devait ramer pour le Roi, au milieu des galériens. Il valait mieux aller à la messe.

Au *Sanctus*, une clochette retentit sous la voûte de l'église. Le grand Raoul, qui servait la messe pour M. du Chayla, annonçait aux convertis qu'il leur fallait baisser la tête. Il avait le sentiment d'être leur maître, et il jubilait de les voir humiliés et maladroits sur leurs bancs.

« Vous devriez être sur un autre banc, enchaînés les uns aux autres, et je serais votre comite[1] », rêvait-il.

Le rouquin aurait voulu voir les hérétiques pendus, rompus vifs sur la roue, brûlés à petit feu sur le bûcher. Le Roi était trop bon, il donnait même de l'argent aux premiers convertis. « Six livres pour une âme de paysan, douze pour celle d'un soldat, cent pour un bourgeois, le double pour un pasteur. Et nous, les bons chrétiens, nous payons pour voir cette racaille à la messe. »

Raoul soupira. Le curé lui donna un coup de coude.

« Qu'as-tu à rêver, grand échalas ? C'est la dernière fois que tu sers la messe, si tu oublies encore de me donner la serviette. »

Antoine n'avait pas baissé la tête au moment du *Sanctus*. Son regard remonta le long de la nef jusqu'à l'autel, où officiait son gros persécuteur. Trois plis de graisse barraient la nuque rase du curé. « Seigneur, je ne T'ai pas abandonné... », murmura Antoine.

Il avait signé, parce qu'on ne lui avait pas donné le choix, mais en son cœur, il restait protestant. Beaucoup de gens dans cette église devaient être dans son cas. M. du Chayla se réjouissait un peu vite des conversions miraculeuses des Cévennes. Antoine entonna le

---

1. Comite : gardien de galériens.

cantique en latin qui célébrait les vertus de la Vierge. Tout en chantant, il se voyait dans la montagne, tenant haut la bannière de la révolte. Son regard rencontra celui de Raoul. Le rouquin détourna vivement les yeux. Même maintenant, le Mazel lui faisait peur. Il savait qu'il paierait un jour ou l'autre le mal qu'il avait fait à Élisabeth.

« *Agnus Dei, qui tollis peccata mundi...* »

Sans comprendre, la foule récitait la leçon enseignée toute la semaine par les capucins. Le moment de la communion approchait. M. du Chayla faisait à présent face aux fidèles. Raoul et l'autre enfant de chœur, à genoux, allaient recevoir les premiers le corps du Christ.

« Je ne veux pas d'un Dieu qui aime Raoul », pensa Antoine.

En file indienne, catholiques de vieille souche et nouveaux convertis s'approchaient de l'autel. M. du Chayla leur mettait dans la bouche l'hostie, en surveillant l'expression de chacun. On ne lui ferait pas l'affront de cracher le corps de Jésus. Il tenait le petit troupeau bien en main.

L'odeur d'encens et de myrrhe troublait les sens de Jeanne Mazel. Assise sur le banc des femmes, loin d'Antoine, elle avait à ses côtés des dévotes dont elle devinait l'hostilité. Un voile noir jeté sur ses cheveux, elle suivait sur le missel le déroulement de cette cérémonie étrangère. Jeanne marmonnait en même temps que ses voisines, mais en veillant à ne prononcer aucun des répons. L'ignorance des bigotes qui la surveillaient du coin de l'œil lui permettait de les tromper. Elle chantait en elle-même le psaume vengeur :

« *À sac, à sac, qu'elle soit embrasée*
Et jusqu'au pied des fondations rasée... »

Madeleine Morlevat, sa voisine, avait vu le rouge monter aux pommettes de la veuve. Son exaltation n'était pas naturelle et seyait mal à une nouvelle convertie. Mais ces gens-là étaient excessifs en tout, songeait-elle. Sans doute, la voilà qui brûle ce qu'elle adorait, cette Jeanne Mazel si accrochée hier à son faux Dieu.

« Jeanne, ma fille, approchez-vous de la sainte table avec vos enfants. Le spectacle de votre dévotion réjouit les anges du Seigneur. »

L'abbé du Chayla vit les trois Mazel avancer à sa rencontre. Il y avait bien une lueur de défi dans les yeux d'Antoine, mais le garçon l'éteignit comme on souffle une chandelle. En temps et lieu, il apparaîtrait aux yeux des papistes tel qu'il était vraiment. Aujourd'hui, son devoir était de feindre. Il ouvrit la bouche, sentit sur sa langue le poids léger de l'hostie.

Élisabeth, trop petite pour communier, tenait sa mère par la jupe. Elle regardait avec curiosité le gros

prêtre en chasuble violette ornée de l'agneau mystique. Il lui sourit paternellement.

« Bientôt tu iras très loin, chez les sœurs. Elles t'apprendront la religion, petite huguenote. »

Jeanne Mazel frémit. Allait-on lui voler sa fille ? Le prêtre plongea son regard dans celui de cette femme qui avait si longtemps tenu tête à Dieu.

« Vous voilà repentante. Je vous admets à la communion. Ouvrez la bouche. »

Le long de la route, Antoine et Élisabeth firent provision de châtaignes. Les bogues vertes s'ouvraient aisément en cette saison et Jeanne se réjouissait de voir ses enfants occupés à la cueillette. Une vie difficile commençait pour elle. L'insouciance protégeait ses petits. Dans les ramures des châtaigniers qui perdaient des feuilles à chaque coup de vent, des oiseaux piaillaient.

« Ce sont des étourneaux, nota Antoine. Tu as vu, mère, les oiseaux sont presque tous partis, sauf les corbeaux. Sans doute, l'hiver viendra bientôt. »

À mesure qu'ils grimpaient sur le chemin familier, l'air fraîchissait. Jeanne ramena son châle sur ses épaules.

« Antoine, nous allons faire un bon feu pour rôtir vos châtaignes. Je ne sais pas pourquoi j'ai si froid aujourd'hui. »

De petits paysans remontaient, comme eux, vers leurs mas. Antoine reconnaissait Samuel Puy, Jean Arnaud et son frère Élie, le grand Orry, tous les anciens compagnons de sa bande. Elle était bien dispersée, la bande d'Antoine. Naguère, les poches lestées de pierres, ils allaient défier les papistes dans des batailles rangées au bord de la rivière des Gardons. Les bambous faisaient de bonnes lances, et les réformés gagnaient presque toujours les guerres. À présent, tondus, humiliés, ils revenaient de la messe avec des mines de vaincus.

Élisabeth avait retrouvé en route Hélène du Mas

Combié, une grande de sept ans, et lui racontait en secret comment Raoul avait tué son lapin :

« Il lui a donné un coup derrière les oreilles. J'ai essayé de le réchauffer, mais il était tout raide. On l'a enterré, je te montrerai sa tombe et on y mettra des fleurs tout à l'heure. Un jour, tu verras, il arrivera malheur à Raoul. Le Seigneur me l'a dit. »

À la croisée des chemins, les enfants se séparèrent. Élisabeth courut pour rattraper sa mère. Antoine marchait au même pas que Jeanne, et ils prirent chacun une main d'Élisabeth.

« On restera toujours ensemble », dit la petite fille.

Dans le ciel bas de novembre, Jeanne voyait passer, volant lourdement, des centaines de corbeaux.

La vie reprenait son cours à la ferme Mazel. On avait réuni dans la salle commune les meubles qui avaient échappé à la furie des dragons et à la rapacité des voisins. Deux tabourets, un coffre à habits, quelques planches qui servaient de tables, de lits et d'étagères formaient tout le mobilier des Mazel. Jeanne tenait propre son logis. Tant que les enfants auraient leur soupe chaude, et que l'on pourrait réciter en famille, à l'abri des oreilles papistes, la prière du soir, la maisonnée tiendrait. L'Éternel leur avait envoyé une épreuve, c'était pour sonder la profondeur de leur attachement. Dans la vieille ferme huguenote, quand on fermait les volets et que l'on entendait le vent rugir au-dehors, Élisabeth disait à sa mère :

« Ce sont les dragons, on ne les laissera pas entrer. »

Antoine cherchait du petit bois dans la forêt, il allait à la pêche et il faisait répéter à sa sœur les prières ancestrales, que l'enfant risquait d'oublier. Une fois par semaine, il devait l'accompagner en ville, chez les sœurs où l'on instruisait les enfants des hérétiques.

Cette double vie devint vite une habitude. Quand il y avait du monde, on se signait au premier coup de tonnerre, on débitait les momeries[1] des papistes, et on se découvrait au passage de la procession. Cela n'engageait pas le cœur. L'Éternel savait que les Siens Lui restaient fidèles.

Des milliers de nouveaux convertis suivaient, comme les Mazel, des règles différentes, selon qu'ils se trouvaient en famille ou en public. La foi clandestine se maintenait, comme une petite flamme que le souffle de la persécution ranimait au lieu de l'éteindre. Les bibles huguenotes étaient cachées dans des huches, des armoires à double fond, et des meubles fabriqués pour tromper les espions des catholiques.

Antoine s'amusait ferme à duper les papistes. Au catéchisme, il était sans peine le meilleur, éblouissant le capucin Bernard par sa science des Écritures. Sa mémoire entraînée lui permettait de savoir par cœur la *Légende dorée*, et il racontait aux bonnes gens d'Anduze les supplices épouvantables infligés par les

---

1. Momeries : comédies ridicules.

païens aux premiers chrétiens. Les larmes leur venaient aux yeux, quand on leur parlait des martyrs.

« Ils ont la tripe sensible et le cœur dur », songeait Antoine. Il n'oublierait jamais que ces pleurards avaient fait la haie pour battre un pasteur sans défense.

Le soir venu, il redevenait lui-même. L'obligation de croire en cachette avait créé avec sa mère et sa sœur une complicité qui les unissait encore davantage. « Le roseau plie, mais ne rompt pas », disait Jeanne Mazel.

La veuve se rendait au chevet des malades. Le curé n'était point trop sûr de la foi des nouveaux convertis. Souvent, à l'heure de la mort, ils se reprenaient, demandant à leur Dieu de leur pardonner de L'avoir renié. Mais l'abbé du Chayla ne pouvait être partout, et il ne lui plaisait guère de faire huit lieues dans la montagne pour surveiller une âme de parpaillot.

Jeanne Mazel avait toute sa confiance. Bizarrement, il se figurait que, pour avoir tant résisté, elle avait reçu, comme grâce spéciale, le don de convaincre les esprits chancelants. Il lui chargeait son bissac de petits livres pieux, riches en bonnes prières qui assurent le ciel aux mourants.

« Quand vous voyez sortir l'apothicaire et le médecin, vous pouvez être sûre que le malade est perdu. Dépêchez-vous de l'entretenir, avant qu'il ne meure. »

Jeanne partait, sans se soucier de la bise ou de la pluie. Du Chayla louait son zèle, et la donnait en exemple aux dévotes d'Anduze, qui n'auraient jamais quitté leur lit douillet pour apporter l'ultime apaisement à un ancien religionnaire.

« Cette femme-là nous donne à tous une leçon. La maladie ne lui fait pas peur, et je pourrais l'envoyer chez un lépreux ou un pestiféré. Voyez ce que nous faisons avec ces Cévenols. Si elle n'était pas femme, elle aurait pu être prêtre. »

Quand Jeanne entrait dans le logis d'un malade, son premier souci était de rester seule avec lui. Chassant les voisins qui pleuraient le vivant comme s'il était déjà mort, elle apportait une bonne humeur qui avait ragaillardi plus d'un agonisant.

« Ne soyez pas en peine, murmurait-elle doucement, pour ne pas être entendue. Vous et moi savons bien quel est le vrai Dieu, et que la violence seule nous a fait dire : "Je me réunis." Vous vous rétablirez ou vous irez bientôt devant le Souverain Juge. L'Éternel a fixé le jour et l'heure, nous n'y changerons rien. Maintenant, nous allons bien nous préparer. Louons Dieu, Il ne nous veut que du bien, même quand nous souffrons. Car c'est pour Lui. »

Là où Jeanne passait, le travail des convertisseurs était défait. La veuve se rachetait ainsi d'avoir faibli pour ne plus entendre les tambours.

La chance ne pouvait toujours veiller sur Jeanne Mazel. Un soir d'orage, la pluie battante avait fait rentrer les voisines qu'elle avait chassées pour s'entretenir avec une fillette de neuf ans, que la fièvre quarte allait bientôt emporter. Sur le front en sueur de Suzanne Fabre, elle avait posé un linge trempé dans l'eau vinaigrée. Mais l'enfant se plaignait doucement du grand froid qui la saisissait, alors que son petit corps était bouillant. La fin était proche. Dans la pièce voisine, les commères, tout en dévorant des dragées et des confitures sèches préparées à leur intention, disaient des neuvaines pour abréger le séjour de l'enfant au purgatoire.

« La mort n'est qu'un passage. Bientôt, tu n'auras plus jamais mal, et notre Seigneur Lui-même t'accueillera. »

Suzanne n'entendait plus rien, sa fièvre était trop forte. Mais dans l'entrebâillement de la porte, une grosse femme écoutait attentivement les paroles de consolation.

La Mathurine nourrissait envers Jeanne Mazel la haine attentive de la servante indélicate pour une maîtresse trop généreuse dans son pardon. Elle n'avait jamais cru à la conversion de la veuve. Les draps volés le jour des enchères n'avaient été que la menue monnaie de sa vengeance. Sa rancune exigeait des malheurs affreux. L'occasion était enfin venue.

Jeanne Mazel se croyait seule. Le bruit de l'orage l'avait empêchée d'entendre le retour des commères. Sortant un psautier qu'elle avait caché dans une poche de sa jupe, elle adressa au Seigneur une prière fervente.

Mathurine bondit sur elle comme une tigresse. Arrachant triomphalement le petit livre, elle cria aux voisines :

« Cette fois, je la tiens, la fausse dévote. Avec ses airs doucereux, elle vous envoyait cette pauvre gamine en enfer. Voilà le livre qui montrera à notre curé comment la scélérate a trompé sa confiance. J'en connais une qui sera tondue dimanche prochain sur la place, avant de faire amende honorable et d'être livrée au bourreau de Nîmes. »

Les femmes jetaient des regards hésitants sur l'accusatrice et l'accusée. Jeanne Mazel prit dans ses bras la petite Suzanne, dont le souffle devenait court et précipité. Le teint de l'enfant virait au violet. Toute l'assistance faisait cercle autour de la veuve, sans oser porter la main sur elle. Était-ce une sorcière ou une sainte ? La mère contemplait cette dame droite et fière qui berçait sa Suzanne, au moment terrible du passage.

Soudain, la fillette ouvrit les yeux. D'une voix claire, elle récita le *Symbole des Apôtres*, comme le disent les huguenots :

« *Je crois en Toi*[1], *Dieu le Père tout-puissant, créateur du Ciel et de la Terre. Je crois en toi, Jésus-Christ Son fils unique, notre Seigneur, qui as été conçu du Saint-Esprit...* »

Jeanne joignit sa voix à celle de l'enfant :

« *Tu as souffert sous Ponce Pilate ; tu as été crucifié ; tu es mort ; tu as été enseveli ; tu es descendu aux Enfers.* »

Suzanne ne parlait plus. Sa tête ballottait sur l'épaule de Jeanne. Son visage s'était apaisé. Elle était morte dans sa foi.

Ensemble, toutes les femmes achevèrent la prière :

« *Je crois en la rémission des péchés, en la résurrection de la chair, en la vie éternelle. Amen.* »

---

1. En toi : les calvinistes tutoyaient Dieu.

La Mathurine était vaincue. Croisant ses gros bras rouges, elle toisa les femmes qui s'écartaient d'elle.

« Vous avez tutoyé Dieu, vous êtes toutes damnées. Et vous n'irez pas seulement en enfer. On vous enverra d'abord à l'hôpital de Valence, qui est pire que l'enfer. Vous regretterez d'avoir connu Jeanne Mazel, qui vous a fait retomber dans l'hérésie. »

Riant à gorge déployée, la papiste claqua la porte. Elle courait déjà sur la route d'Anduze lorsque Étiennette Fabre, se tournant vers Jeanne, lui dit :

« Sur la tête de ma Suzanne, qui est à présent auprès du Seigneur, je jure que nous ne t'abandonnerons pas. »

6

La séparation

Le scandale créé par les renégates de Saint-Andéol avait fait du tort à M. du Chayla. On en parlait jusqu'à Nîmes, et l'abbé convertisseur n'en décolérait pas. Il fallait frapper fort pour empêcher la rébellion de s'étendre.

« Si nous ne pouvons vaincre par la douceur, nous vaincrons par la férocité », clamait le curé, qui ne rêvait plus, dans sa rage d'avoir été trompé, que de roues et de potences.

La loi prévoyait le cas des huguenots retombés dans l'erreur, après avoir signé le billet de conversion. Ils n'étaient plus des êtres humains. On interdit à Étiennette Fabre de donner une sépulture à son enfant. Le corps de Suzanne fut exposé une journée durant sur une claie, et le prêtre obligea les convertis à défiler devant le petit cadavre.

« Voilà ce qui vous attend, âmes rebelles, si vous vous séparez de l'Église. »

Jeanne Mazel, pieds nus, tête rasée, était enchaînée aux six huguenotes qui partaient avec elle vers le sinistre hôpital général de Valence, où l'on enfermait les lépreuses, les infanticides, les empoisonneuses, les vagabondes et les protestantes. Du Chayla avait présidé, sur la place de l'église, au premier châtiment de son ennemie. Attachée au fauteuil du barbier, Jeanne Mazel avait vu ses cheveux noirs tomber. Elle n'était pas malheureuse. Du Chayla, qui l'aurait voulue repentante et en larmes, se mordait les lèvres de dépit. On lui gâchait son spectacle.

Les sept criminelles montèrent dans la voiture grillagée, escortée par les dragons, dans laquelle elles allaient faire le long voyage vers Valence. On ne les voyait plus. Jeanne serra les mains de ses voisines et leur sourit.

« Ce sont nos persécuteurs qui sont à plaindre. L'Éternel est avec nous, comme Il a été avec les martyrs, que l'on suppliciait parce qu'elles étaient chrétiennes. Chantons, mes sœurs. »

D'une seule voix, les huguenotes entonnèrent le psaume 116 :

« J'aime mon Dieu, car lorsque j'ai crié
Je sais qu'Il a ma clameur entendue,
Et puisqu'Il a son oreille tendue

En mon dur temps par moi sera prié. »

Les villageoises immobiles écoutaient le chant d'espoir. Des femmes catholiques firent le signe de croix. Par la fenêtre de la voiture, Jeanne regarda les ruines du temple démoli.

« Ils peuvent détruire nos maisons, emprisonner nos corps, ils n'auront jamais nos âmes. »

Anduze s'éloignait. À chaque cahot, les prisonnières étaient jetées les unes contre les autres. Étiennette murmura :

« Suzanne n'a pas besoin de nos prières, elle est

heureuse. Mais je me fais du souci pour ta fille. Le curé a dit que tu ne la reverrais jamais.

— Dieu l'a en Sa garde. Un jour, Il me la rendra. »

Les cyprès, courbés par le vent, saluaient au passage Jeanne Mazel et ses amies en route vers l'enfer de Valence.

L'abbé du Chayla avait fait tout le mal qu'il avait pu, mais il n'était pas arrivé à mettre la main sur Antoine. Le fils de la renégate échappait à toutes les recherches. Sur ordre de l'intendant du Languedoc, on avait promis cent écus de récompense à qui le livrerait, mais il était demeuré introuvable. Les grottes des Cévennes recèlent tant de cachettes qu'il aurait fallu dix régiments de dragons pour les fouiller toutes. Le curé avait tempêté, réclamé des renforts, on ne l'avait pas écouté. À l'évêché, on se moquait un peu de lui. « Le pauvre du Chayla, disait Mgr Séguier, n'a plus sa tête, il prend ce petit Mazel pour le fils de Calvin et le neveu de Satan. »

On cherchait Antoine à Mialet, où il avait de la famille ; on l'avait signalé à Sainte-Croix, on avait cru le voir avec des bergers sur la route de Cabrières. L'abbé du Chayla vivait dans la persuasion que les Cévenols se moquaient de lui, et il finissait par haïr les montagnes et les forêts, complices des hérétiques. Le dimanche, il fallait l'entendre clamer devant les convertis qui baissaient la tête et ne disaient mot :

« Le Roi m'a envoyé pour nettoyer toutes ces paroisses infectées de calvinisme. S'il le faut, j'enverrai vingt mille de ces faux convertis aux galères, et je ferai aplanir les collines où ils tiennent leurs assemblées secrètes. Le Diable nous défie, nous serons plus forts que lui. »

La roulotte du savant docteur Cornelius, médecin volant, capable de guérir toutes les maladies connues, et même quelques autres, avançait lentement vers Anduze. Le mulet chargé de clochettes que Cornelius venait d'acheter à Tournon avait décidé de marcher l'amble, et ni les coups, ni les promesses ne lui faisaient hâter le pas. À cette allure, le médecin désespérait d'arriver à temps pour la foire. Il faisait ses meilleures affaires les jours de fête, où les paysans oublient leur ladrerie habituelle.

« Avance, Hippocrate, ou je n'aurai pas ce soir de quoi payer ton avoine. La science est en marche vers les contrées ignares, où l'on prétend mourir sans mes juleps, mes clystères et mes onguents[1] de l'Inde. J'apporte la lumière aux Cévennes, Hippocrate. Je sens dans ma bosse que de grands triomphes nous attendent. »

Le mulet avait déjà entendu ce discours. Il n'allait ni plus vite, ni plus lentement. Le docteur se couvrait

---

1. Julep : potion sucrée à base de fleurs d'oranger. Clystère : nom savant du lavement. Onguent : pommade aux vertus miraculeuses.

le visage de blanc de céruse, pour rendre son regard plus magnétique. « C'est avec le regard que je gagne ma vie », songea-t-il, en s'admirant dans son miroir. Avec sa robe noire, son chapeau pointu orné des figures du zodiaque et ses énormes besicles, qu'il portait pour avoir l'air savant, il semblait contenir en lui le savoir des facultés de Paris, de Montpellier et de Cordoue.

« Ma propre mère ne me reconnaîtrait pas », proclama-t-il satisfait.

Quand il ne s'appelait pas encore Cornelius, le bossu avait été barbier, diseur de bonne aventure, aide-apothicaire et à l'occasion faux-monnayeur. Depuis sa prime jeunesse, Claude Vely roulait sa bosse sur toutes les routes du royaume, en veillant à ne jamais revenir dans un bourg où il avait déjà exercé ses talents. La justice royale lui reprochait quelques menus délits, mais il craignait surtout ses confrères.

« On n'a pas besoin de sortir d'une faculté pour guérir une danse de Saint-Guy ou pratiquer une saignée. Je crois, confia-t-il au mulet, que mes nobles rivaux sont simplement jaloux de mes succès. Ma thériaque et mon bézoard ont guéri plus de monde qu'ils n'en tuent avec leurs potions. Le génie, sache-le, est toujours persécuté. »

La roulotte annonçait les spécialités du médecin volant. Il savait soigner, à en croire les inscriptions et les peintures qui ornaient son véhicule, la peste, la paralysie, l'apoplexie, l'hydropisie, la léthargie, l'épilepsie, la dysenterie, la fièvre quarte et la petite vérole. Il s'occupait aussi des maux plus communs, et n'avait pas son pareil pour chasser les vapeurs des dames, les coliques et les maux de dents des petits enfants, les humeurs noires des mélancoliques et la goutte des buveurs.

En un mot, le docteur Cornelius soignait toujours, et guérissait parfois, les malades assez heureux pour avoir survécu aux médecins. Il n'avait pas le loisir de rester assez longtemps pour constater l'admirable effet de ses remèdes. Mais il était le premier convaincu de leur efficacité. Ce qui le préoccupait, ce jour-là, c'était d'avoir perdu, dans un départ précipité aux abords de Nîmes, où il avait été reconnu par d'anciennes pratiques, toute sa réserve de thériaque.

La thériaque n'est pas un remède ordinaire ; elle coûte trois livres dix sous l'once. Mais le patient en a pour son argent. Il faut pour la confectionner de l'hyacinthe, du safran, du citron, des yeux d'écrevisse, de la cannelle, du santal, du dictame de Crète, de la poudre de terre sigillée, de la myrrhe, des saphirs et des topazes en poudre, de l'opium et du venin de vipère.

Ces ingrédients ne se trouvent pas aisément quand on en manque. Maître Cornelius pouvait se dispenser, à la condition de n'en rien dire, de la plupart d'entre eux, mais il lui fallait au moins une bonne mesure de

venin. L'amertume persuadait le malade que la thériaque valait son prix.

La nature fait mal les choses. Le médecin volant avait grand besoin de venin et une peur panique des vipères. Naguère il pouvait compter sur les services de son aide, un brave garçon dont l'unique talent était d'avoir le cuir si dur qu'il attrapait vipères et aspics par le col, sans craindre leurs morsures. Hélas ! l'assistant était devenu jaloux du génie de son maître. À la foire de Privas, il avait décampé en volant une robe étoilée et un chapeau pointu pour jouer à son tour au médecin volant.

« Pauvre Jean Moustre, pauvres clients », soupira Cornelius. Il donna congé à ses soucis. La Providence était en dette avec lui, qui sauvait tant de malheureux. Elle lui trouverait bien un assistant.

Antoine, juché sur la branche maîtresse d'un châtaignier, avait vu de loin la roulotte gravir péniblement la côte. Son instinct lui dit qu'il n'avait rien à craindre. Sautant à terre, il s'approcha d'Hippocrate, inspecta en connaisseur les naseaux et les babines du mulet.

« Votre bête a grand soif, seigneur médecin. Il y a

un ruisseau au fond de ce ravin, je vais la mener boire. »

Le médecin volant jeta sur ce garçon dépenaillé un regard pénétrant. Un autre aurait pris peur en voyant Antoine, avec ses épais cheveux blonds qui n'avaient pas été coupés depuis la Toussaint, sa peau brûlée par le vent, sa chemise usée jusqu'à la trame et son haut-de-chausses dont un mendiant n'aurait pas voulu. Maître Cornelius était trop fin pour s'arrêter aux apparences, et il avait tout de suite reconnu dans ce vagabond le digne héritier de Jean Moustre. À la manière dont il avait pris Hippocrate par la bride, ce petit Cévenol n'était pas un bohémien d'Égypte, mais sans doute quelque fils de famille qui avait connu de meilleurs jours. Que faisait-il sur les routes ? D'expérience, le docteur Cornelius savait que l'on n'entend pas de mensonges quand on ne pose pas de sottes questions.

« Fils, tu as de la chance de m'avoir rencontré. Je vais faire ta fortune. As-tu entendu parler de Cornelius, le guérisseur universel ?

— Non, mais dans nos montagnes, nous sommes si sauvages que nous en sommes réduits à nous guérir sans médecins.

— Ce temps-là est passé. J'arrive, et il y a dans ma roulotte des merveilles que je vends pour un écu seulement, par charité chrétienne. Malheureusement, je suis un peu à court de thériaque. Sais-tu que le venin de vipère est indispensable à la confection de la thériaque ?

— Ce que je ne sais pas, maître, vous allez me l'enseigner. »

Antoine avait vite deviné les faiblesses du médecin volant. Il lui fallait un auditoire, et le mulet Hippocrate ne faisait pas l'affaire pour nourrir l'insatiable vanité du docteur Cornelius. La solitude pesait au guérisseur universel, elle avait fait peur à Antoine. Il ne l'aurait jamais avoué, mais la nuit, quand il pensait à sa mère et à sa sœur, prisonnières des papistes, il avait le cœur gros.

« Je vais t'apprendre les rudiments du métier d'assistant. Bats un peu les buissons, ce serait bien le diable si tu ne trouvais pas des vipères. »

Antoine sourit. Le bossu avait la science universelle, mais il ne paraissait pas savoir que les vipères cherchent en hiver sous une pierre plate la chaleur d'un abri. Il trouva dans un taillis la baguette fourchue d'un coudrier. Avec ce bâton-là, le serpent endormi serait réduit à l'impuissance.

Antoine frappait si agilement que la vipère prise au piège ne pouvait plus que donner d'inutiles coups de queue. Le bocal fut bientôt rempli. Pour faire bonne mesure, le nouvel assistant avait ajouté à ses prises une belle salamandre à dos noir, qui dansait rageusement dans sa prison de verre.

« Ce n'est pas trop mal pour un débutant, laissa tomber le bossu, qui n'aimait pas gâter ses aides par un excès de compliments. Nous allons de ce pas à la foire d'Anduze. Monte dans la roulotte. »

Antoine avait fait la grimace. Le docteur se gratta l'oreille – ce qui était chez lui signe de réflexion profonde.

« Je vais faire de toi un Indien trouvé dans les Amériques, la peau plus rouge que l'habit de nos dragons, avec un bel anneau dans le nez. Qu'en penses-tu, fils ? Tu seras Humac-Patac, descendant du grand Inca, qui a appris le français et l'art de la culbute grâce aux esprits subtils qui flottent partout où je me trouve. Avec un peu de peinture, tu seras si différent que ni tes amis, ni tes ennemis ne perceront ton déguisement. Comment te nommais-tu ce matin, Humac-Patac ?

— Antoine Mazel. Je suis le fils de Jeanne Mazel. »

Le médecin ne poussa pas plus avant ses questions. Il en savait assez. Ce garçon avait besoin de lui, et il avait l'usage d'un assistant.

« Le pot trouve toujours son couvercle », dit-il en hochant la tête.

7

La roulotte
du docteur Cornelius

Venus de dix lieues à la ronde pour la foire d'Anduze, les paysans avaient installé leurs bêtes sur les décombres de l'ancien temple, maintenant ouvert à tous les vents. Des enfants grimpaient sur le tabernacle, et se disputaient les reliures de cuir d'une grosse bible aux pages arrachées. Antoine en avait le cœur serré, mais pour la foule qui applaudissait à ses tours, il était Humac-Patac, l'Indien au service du guérisseur universel. Grâce au boniment de Cornelius, on avait vendu aux paysannes du rosat, du violat, de l'opiat[1] et de l'herbe de saint Jean, aux bourgeoises les remèdes coûteux : la rhubarbe d'Inde, l'*assa fœtida* récoltée

---

1. Rosat, violat, opiat : médicaments à base de roses, de violettes, de pavots ou coquelicots. Le pavot contient de l'opium.

dans la Cyrénaïque, l'agaric du Levant, le camphre d'Inde et la célèbre et très rare thériaque.

Cornelius n'était pas mécontent. Soixante-quinze livres tournois en un jour, c'était un cadeau que le Ciel ne faisait pas souvent. Les gens d'Anduze avaient l'argent facile. Beaucoup se débarrassaient ainsi des primes de leur conversion ou des récompenses offertes aux dénonciateurs.

Cornelius avait quitté à regret ce Pérou, mais Antoine l'avait pressé de partir.

« Il suffirait, maître, d'un envieux pour que l'on vienne à douter de la vertu de vos simples et de vos confections. Il n'y avait pas beaucoup de corne de cerf, ni de calcul de vigogne des Andes dans le bézoard que j'ai préparé hier soir. Et j'ai entendu dire que, dans les terres du duc de Savoie, on ne demande pas aux médecins volants de produire leurs diplômes.

— Ce duc est un prince éclairé. Allons porter aux Savoyards la science universelle. Adieu, Cévennes et Vivarais. Ma bosse me dit que nous allons vers de plus grands triomphes. »

Les bourgs n'étaient pas toujours accueillants. Plus d'une fois, des paysans postés sur leur chemin par les apothicaires, ennemis jurés de la médecine ambulante, les recevaient à coups de pierre.

« Messieurs les morticoles ont payé l'ignorance », soupirait Cornelius.

Entre-temps, l'âne Fagon avait remplacé le mulet Hippocrate, qui ne supportait pas de marcher dans la neige, et Humac-Patac était devenu Oscar Berzelius, jeune savant venu de la Courlande. Antoine avait grandi en force et en astuce, et il pouvait remplacer son maître au pied levé. Il savait les noms savants qui font impression sur des âmes simples. La bourrache, l'armoise, l'absinthe et le tilleul dont il faisait cueillette se changeaient en mithridate, ou en contrayersa du Pérou, à soixante-quatre livres le bocal.

« Savez-vous, maître, que, pour ce prix, nous pourrions acheter une maison et son jardin ?

— Et laisser la roulotte ? Jamais. J'ai l'errance dans le sang. J'aurai le dos droit avant que l'envie me vienne d'avoir pignon sur rue, comme un bourgeois. Allons, Fagon, la route est longue. »

C'est sur la grande voie qui longe le Rhône qu'ils firent rencontre des galériens. La chaîne descendait à pied depuis Paris. Les forçats étaient enchaînés au cou et aux chevilles, et des cavaliers, le fouet à la main, stimulaient les traînards, refusant toute pause avant l'arrivée à l'étape. Des voleurs, reconnaissables à leur nez mutilé ou à leur oreille fendue, des bohémiens, des Turcs, que l'on recherchait pour leur force, voisinaient avec les galériens pour la foi. La chaîne était encore à quatre-vingts lieues de Marseille, où sa galère en construction attendait son nouvel équipage.

Antoine et Cornelius, les larmes aux yeux, voyaient s'approcher la longue file des prisonniers, qui trébuchaient parfois, gênés par leurs entraves, sur les racines du chemin. Le chef de la troupe ordonna rudement :

« Place, place ! Laissez passer la chaîne, ordre du Roi ! »

Le sergent était déjà parti au galop, laissant à ses hommes le soin d'aiguillonner la chaîne jusqu'à la prochaine halte. Les hommes avaient douze heures de marche dans les jambes, et de leurs lèvres desséchées sortait, tout au long de la file, la même supplication :

« De l'eau, par pitié, de l'eau ! »

Antoine décrocha des arçons les gourdes qu'il tenait toujours pleines, car les auberges étaient rares dans ce pays désolé. Il allait d'un homme à l'autre, humectant doucement les lèvres des forçats avec un linge. Les cavaliers, indifférents, le laissaient faire. Les galériens n'étaient plus pour eux des hommes, mais des marchandises à livrer en bon état.

Les malades et les mourants devaient marcher comme les autres. La chaîne les traînait. Le faible s'appuyait sur le fort. Un énorme Turc prenait sur lui le poids qui aurait dû être réparti sur six hommes, parce qu'il y avait dans la file un fiévreux, promis à la mort avant l'arrivée à l'étape. C'était le pasteur Laporte, tellement amaigri qu'Antoine n'aurait pas su qui il était si le ministre ne lui avait pas fait signe.

« J'imagine Antoine, que j'ai bien changé. Je suis

heureux de te voir vivant et libre. Puis-je m'arrêter un instant, chef ? Ce jeune homme est un parent. »

Le dragon abaissa son regard sur le forçat qui s'adressait à lui, le bonnet à la main, selon les usages de la chaîne. Celui-là, jugea-t-il, ne ferait pas de vieux os. Haussant les épaules, il donna un coup de sifflet.

Le long serpent de la chaîne s'arrêta. Les hommes, étonnés, mettaient à profit cet instant de miséricorde pour nettoyer comme ils pouvaient les plaies ouvertes provoquées par le frottement des maillons. On reconnaissait les gens d'expérience aux bandelettes de chiffons qui protégeaient leur cou et leurs chevilles. Au-dessus de la colonne, un essaim de grosses mouches noires bourdonnait, attiré par l'odeur du sang.

Le pasteur demanda à Antoine de s'approcher.

« Je n'ai plus ma voix d'autrefois. Tu te souviens, mauvais garnement, du temps où tu imitais mon accent genevois ? Tu croyais peut-être que je ne m'en apercevais pas... »

Accroupi auprès du ministre, Antoine éventait son visage couvert de sueur.

« Il y a ici seize protestants condamnés aux galères perpétuelles pour n'avoir pas renié le Christ. Je vais bientôt rejoindre le Seigneur. Notre petit troupeau manque cruellement de pasteurs. Il faudra nous aider, Antoine, à garder vivante la foi. Dis à ceux qui m'ont connu que le pasteur Laporte meurt content d'offrir sa peine à Dieu.

— Mais vous ne mourrez pas, monsieur...

— Tu as raison, Antoine, je vais de ce pas vers le Souverain Juge. À tout soudain, petit, comme nous disons à Genève. »

Le pasteur esquissa un sourire et ferma les yeux. Il avait pris congé de ses soucis terrestres.

Le dragon descendit de sa monture, donna un coup de botte dans le corps inerte. Encore un mort. La chaîne avait perdu huit forçats depuis le départ.

« Détachez-le, ordonna-t-il. Et faites vite, nous avons perdu assez de temps. »

Le pasteur Laporte n'était pas le seul à témoigner par la souffrance. Le Roi-Soleil n'entendait que des récits de conversions massives, et se réjouissait de l'extinction de l'hérésie. On ne lui parlait pas des moyens employés contre les opiniâtres. Versailles ne voulait pas connaître l'existence de l'hôpital général de Valence.

Tandis que son fils courait les routes en compagnie de Cornelius, Jeanne Mazel, tenue pour une rebelle dangereuse, avait été dirigée avec ses compagnes de captivité vers cet hôpital plus redouté que la prison. L'évêque de Valence y essayait de nouvelles méthodes de conversion. Quand une huguenote avait épuisé la patience des missionnaires, elle était bonne pour Valence. Henri Guichard d'Hérapine, que les détenues surnommaient la Rapine, car il volait sur leurs maigres rations, régnait sur cet enfer. Dans sa jeunesse, il avait voulu être musicien, mais la nature lui avait refusé le talent. C'est comme directeur de bagne qu'il découvrait son vrai génie. Il dirigeait en même temps l'hôpital et la prison, et usait ainsi des femmes malades pour briser la résistance des prisonnières. Il faisait coucher sur la même paillasse des mourantes, atteintes d'infâmes maladies, et les huguenotes.

Guichard pratiquait l'économie. On obligeait les nouvelles arrivées à endosser les chemises des mortes, sales, infectes, sanglantes, souillées d'ulcères. Entre les rangées de lits, les malheureuses voyaient passer de temps à autre leur persécuteur qui s'enquérait de leur salut. C'était un petit homme noir comme un moricaud, portant son âme sur son visage, et très soucieux de sa personne. Des talonnettes et une énorme perruque lui permettaient de croire qu'il était grand. Portant à ses narines délicates un mouchoir parfumé, pour se protéger de l'infection, il se penchait vers ses victimes.

« Alors, mes princesses, on en tient toujours pour la fausse religion ? Vous savez que vous coûtez cher à Sa Majesté, qui se donne tant de peine à sauver vos âmes. Nous allons éprouver d'autres moyens. »

Jeanne Mazel avait été recommandée par l'abbé du Chayla à son complice de Valence. Le traitement ordinaire était trop bénin pour elle. Il fallait, pour la discipline, qu'on l'entendît renier publiquement sa foi.

La Rapine avait à son service de fortes femmes du Rhône, dont l'unique travail était de battre les prisonnières. On leur avait dit que le Démon était dans le corps des huguenotes, et elles chassaient le Diable à coups d'étrivière[1]. Jeanne Mazel subit l'épreuve de la bastonnade. Couchée sur le sol, les bras en croix, elle refusait de crier grâce, sous la pluie de coups qui ensanglantaient ses épaules et son dos. Guichard avait avec elle bien de la satisfaction. Les anciennes prisonnières, affaiblies par ses traitements, mouraient après une seule séance. Cette Cévenole robuste allait lui permettre de montrer tous ses talents de bourreau. Il avait promis à l'abbé du Chayla qu'il la briserait, et il était homme de parole.

On essaya tout sur Jeanne. Les coups ayant échoué, on lui fit tâter du cachot. Sous l'hôpital, la Rapine avait découvert et immédiatement utilisé un cul-de-basse-fosse, que les détenues appelaient en frissonnant « le Trou noir ». Selon les comptes de Dom André, le médecin que Guichard avait engagé pour maintenir le plus longtemps en vie ses victimes, le Trou tuait en un mois. Jeanne fut jetée dans ce réduit où pullulaient les rats, les serpents et de hideux insectes.

« Tu y perdras, lui avait promis la Rapine, tes dents, tes cheveux et ta foi. »

Une fois au fond du Trou, elle ne distingua plus le jour de la nuit. Pour garder le compte du temps, elle en fut réduite à graver des marques avec ses ongles sur le plâtre suintant d'humidité de sa prison. Le pire, dans ces ténèbres, c'était le frôlement des bêtes. Jeanne devait disputer aux rats la boule de pain qu'on

---

[1]. Étrivière : lanière de cuir.

lui lançait. Elle ne s'endormit jamais sans prier l'Éternel de lui donner la force de tenir tête à ces affreux compagnons. Les petits yeux rouges guettaient patiemment son affaiblissement. Serait-elle un jour si lasse qu'elle se laisserait dévorer toute vive ?

Là-haut, on ne parlait que du courage de la Cévenole. Les prisonnières, prélevant sur leur maigre pitance, lui faisaient parvenir, par une sœur révoltée de tant de cruauté, les aliments nécessaires à sa survie. Dom André était surpris : il demanda à voir cette prisonnière qui s'obstinait à ne pas mourir. Quand on sortit enfin Jeanne du Trou noir, ses beaux cheveux étaient devenus blancs, mais elle avait résisté à Guichard.

Pour tenir, Jeanne avait puisé au fond de sa foi. Elle était victorieuse et brisée. « Me laissera-t-on enfin tranquille ? » se demandait-elle. Heureusement pour elle, Guichard ne voulait plus garder une prisonnière que les geôlières elles-mêmes prenaient sous leur protection. Il résolut de se débarrasser de cette sainte, qui l'agaçait. Jeanne quitta donc l'hôpital pour le couvent des Sœurs de la Propagation de la Foi, qui recueillait les converties. Elle était restée huguenote, on la prit tout de même, par pitié. Jeanne était repartie vivante de l'enfer. L'Éternel avait beaucoup exigé de sa Servante, Il la tenait enfin quitte. Elle Lui demandait chaque soir de bien veiller sur Élisabeth, enfermée chez les papistes, et sur Antoine, dont elle ignorait le sort.

La saison n'avait pas été mauvaise pour le guérisseur universel. Pendant l'hiver, qui avait heureusement duré jusqu'en mai, il avait plu, neigé et gelé comme jamais. Les fluxions, les pneumonies et les fièvres pourprées avaient obligé les paysans les plus ladres à ouvrir leur bourse.

Le docteur Cornelius s'était taillé entre la Savoie et les vallées reculées de la Durance un empire que ses confrères ne lui disputaient guère. La roulotte aux miracles évitait les villes, et leur préférait les hameaux isolés et les bourgades coupées du monde. Cornelius y représentait à lui seul la médecine, et il parlait sérieusement d'interdire l'entrée de son royaume aux ignorants à robes longues et à savoir court sortis des Facultés.

« Je me fais vieux, Antoine, confiait-il à son aide. Promets-moi de ne jamais me quitter. Je t'ai appris mes secrets et ce serait péché d'avoir transmis pour qu'elles se perdent mes immenses capacités. Dans les temps que nous traversons, il vaut mieux être médecin volant que de finir comme ton pauvre pasteur Laporte. »

Depuis longtemps, Claude Vely savait que son associé penchait vers l'hérésie. Pour sa part, il ne croyait ni à Dieu ni à diable, mais il aimait Antoine et avait

un faible pour le calvinisme parce que cette foi ignore les jours chômés. Cela fait, à un maître, soixante jours de gagnés dans l'année, au bas mot, calculait-il. S'il avait quelque mal à se séparer de ses écus, et payait volontiers Antoine en bons conseils, le bossu laissait à présent le jeune homme choisir leurs itinéraires.

Antoine avait largement payé sa dette de reconnaissance. Il restait avec Cornelius parce que la roulotte et l'habit d'assistant le protégeaient des indiscrétions. Mais les réformés, restés fidèles à leur foi, étaient en grand danger. Avant de mourir, le pasteur Laporte lui avait assigné une mission. À seize ans passés, il n'était plus un enfant, tout juste capable de veiller sur lui-même, mais un homme. Il se souvenait des veillées à la ferme, et des récits inspirés de la Bible que leur contait sa mère. Les Hébreux, eux aussi, avaient été persécutés et avaient lutté contre des rois tout-puissants. « Dans son château de Versailles, notre ennemi, songeait-il, se fait appeler Louis le Grand, mais devant l'Éternel, il est tout petit. Puisque nos pasteurs partent aux galères ou en exil, il faut les remplacer. »

Dans ses rêveries, Antoine essayait de retrouver le visage de sa mère. Il se souvenait surtout de son rire clair. Où était-elle, à cette heure-ci ? Il était sûr qu'elle était vivante, car le papiste n'était pas né qui viendrait à bout de la force de Jeanne Mazel. Il avait toujours été fier de la supériorité des Mazel, à la tête plus dure que le granit de leurs montagnes. Le Cévenol se sentait de taille à imiter ses ancêtres, qui bataillaient, l'épée à la main, pour avoir le droit de prier à leur guise.

À présent, le combat avait changé de forme. Antoine avait entendu parler des assemblées du Désert. En souvenir du temps d'attente des Juifs dans le Sinaï, les réformés nommaient Désert les grottes et les lieux reculés où ils célébraient clandestinement leur culte. Qui se rendait aux assemblées risquait sa vie, car les soldats traquaient les religionnaires assez fous pour défier l'édit de Fontainebleau. Le cœur d'Antoine battait plus vite quand il pensait à ces croyants héroïques, bravant Louis le Petit, ses potences, ses galères et ses roues.

« Je voudrais voir nos papistes, s'ils devaient subir pareilles épreuves. Nous sommes deux cent mille à peine sur le million que nous étions, mais tous les dragons du Roi et tous les du Chayla n'en viendront pas à bout. »

Il y avait sur un feuillet de la vieille bible qu'il avait enterrée au Mas cette ligne, de l'écriture de son père, qu'il n'avait jamais oubliée :

L'Éternel est la force de ma vie. De qui aurais-je peur ?

8

L'assemblée du Désert

Sur les routes du royaume, Antoine s'amusait à changer de rôle, au gré de la fantaisie du guérisseur universel. Il avait été Humac-Patac, fils de l'Inca, Oscar Berzelius, jeune génie venu de la Courlande, puis le Chinois Lin-Piao, qui avait dérobé les secrets du grand Mogol. À présent, on l'appelait le savant Jacopuzzi, docteur vénitien, chassé de son pays pour avoir séduit la fille du Doge. Antoine se préférait dans ce personnage, car il n'était pas insensible aux regards enflammés que lui jetaient parfois les jeunes paysannes, quand il faisait le bonimenteur sur l'estrade.

Néanmoins, il n'oubliait pas sa mission. Dès qu'ils entraient dans un village, il se faisait attentif aux signes, connus des seuls huguenots, qui indiquaient leur fidélité. Devant leurs maisons poussaient un myrte ou un cyprès, et l'on pouvait repérer au-dessus du seuil la marque D.V., qui veut dire « Dieu Voulant ». Ces initiales servaient de code pour les errants cherchant un asile sur le chemin de la persécution. La roulotte du docteur Cornelius recueillait de temps à autre une famille en marche vers une terre de liberté.

« J'aurai tout fait dans ma vie, s'étonnait le bossu. Je suis déjà allé en prison pour avoir trop bien imité l'effigie de notre grand Roi, je risque d'y retourner parce que Louis fabrique maintenant de faux catholiques. J'aimerais être assuré de la religion de Dieu. Le mien vous trouve tous un peu fanatiques. »

La roulotte était à Roquemaure, près d'Orange, qui n'est point au Roi. Les protestants s'y croyaient à l'abri pour tenir leur culte, et il en venait de partout qui bravaient mille dangers afin de rejoindre la grande assemblée.

On se trouvait dans la saison des vendanges. Aussi, sur le méreau que cachaient sur eux ceux qui se rendaient au Désert, on voyait, grossièrement gravés dans le bois, des vendangeurs foulant le raisin. Antoine muni de ce méreau accompagnait une huguenote et sa domestique, l'une et l'autre à demi aveugles, auxquelles il servait de guide.

Une branche cassée à la croisée d'un chemin, des feuilles réunies en couronne au rebord d'une fenêtre, une rangée de galets au bord d'un sentier permettaient à Antoine de se diriger vers le lieu de réunion.

Le pasteur Fulcran Rey, qui prêchait depuis un an dans le Désert, avait sa tête mise à prix. Bâville de Lamoignon avait promis dix mille livres pour qui lui livrerait le prédicateur clandestin. Personne ne l'avait livré. À la Saint-Jean, il avait porté la prime à vingt mille livres, avec exemption de la taille pendant cinq ans. Aucun dénonciateur ne s'était présenté. Et pour entendre ce prédicant aux yeux de flamme, les convertis risquaient leur liberté, les fugitifs sacrifiaient des jours précieux, malgré les argousins et les dragons à leurs trousses.

Les deux vieilles femmes presque aveugles qu'Antoine accompagnait faisaient partie de ce troupeau d'exilés volontaires, marchant la nuit et se cachant le jour. La servante et la maîtresse avaient partagé les mêmes retraites, l'une faisant le guet pendant que l'autre dormait. Elles avaient souffert de la chaleur et du froid, et dans leur demi-cécité, elles rendaient grâces au Seigneur qui les protégeait des papistes et les guidait vers la « Terre promise ».

« La Suisse est notre Chanaan[1], soupirait la vieille domestique, nous approchons chaque jour, maîtresse. Bientôt, vous pourrez dormir toute une nuit sans craindre d'être arrêtée. »

Mme de Bruneton s'émerveillait d'avoir appris sur

---

1. Chanaan : la Terre promise, que les Hébreux, conduits par Moïse, découvrirent au terme des quarante années de traversée du désert.

le tard à coucher sur la dure, à savourer un quignon de pain, à étancher sa soif avec l'eau d'un ruisseau.

« L'Éternel m'offre une deuxième jeunesse. Je n'ai jamais tant profité de la vie. Naguère, je m'endormais au prêche ; maintenant, Dieu me fait marcher à travers bois pour aller écouter ce fameux M. Rey. »

L'assemblée avait lieu dans une grotte si bien cachée par des buissons que les dragons étaient passés cent fois devant son entrée sans en soupçonner l'existence. Il faisait nuit noire, et les ténèbres appartenaient aux protestants. Des sentinelles guettant l'ennemi étaient juchées au faîte des arbres, prêtes à donner l'alarme par un ululement de chouette si le bruit leur signalait le passage d'un parti d'habits rouges.

Cette nuit-là, la chouette ne ulula pas. Des porteurs de torches éclairaient les arrivants, qui remettaient avant d'entrer dans la grotte le méreau, garant de leur foi. L'entrée était basse, barrée par des ronces, mais à l'intérieur, la grotte était vaste comme un temple. Des centaines de fidèles s'y entassaient, attendant que Fulcran Rey prît la parole. Les temps avaient changé. Les hommes et les femmes, les maîtres et les domestiques n'avaient plus de place assignée et la ferveur des hymnes était ravivée par les interdictions. Antoine avait lu naguère l'histoire des persécutions de Dioclétien, et il reconnaissait dans cette grotte les catacombes où venaient prier les premiers chrétiens.

Dans la pénombre, la voix du prédicateur s'éleva :

« Frères et sœurs, je vous invite à la communion. »

Avançant à tâtons, les fidèles s'approchaient du tabernacle[1] de fortune dressé au fond de la grotte. Un boulanger avait cuit une double fournée de pain et des bergers avaient apporté dans des outres en peau de chèvre le vin de la communion. Des torches éclairaient le jeune pasteur, dont la tenue de ministre était réduite à un rabat et à une toque noire. Il distribua le pain et le vin. Chacun prenait un petit morceau dans la grande corbeille posée sur une roche et buvait une gorgée avant de tendre l'outre au voisin.

Fulcran Rey avait pris comme sujet de méditation commune le dernier repas de Jésus avec les apôtres.

---

1. Tabernacle : autel.

« En ce temps-là, le Christ était, comme nous, en grand danger et, comme nous, il ne connaissait pas la peur. L'espérance avait réuni autour de sa table les douze disciples. Sur ces douze, il y avait un traître. Nous sommes plus de douze fois douze dans cette grotte. Je prie Dieu pour votre sauvegarde qu'il n'y ait pas un traître dans notre assemblée. »

Un long murmure de protestation indignée parcourut la foule. Fulcran Rey ne pouvait distinguer les visages, mais il s'était habitué à parler dans l'obscurité.

« Ponce Pilate, sur ordre du procurateur de Judée, s'apprêtait à crucifier la justice et l'innocence, sachant que le Christ était juste. Hérode, le procurateur, voyait dans le Christ un rival qui menaçait son pouvoir. Le nouvel Hérode, qui se croit assez puissant pour défier Dieu, sait comme l'ancien que notre cause est juste, et cela augmente sa rage. Il paie plus de trente deniers les trahisons, puisque je viens d'apprendre que M. de Bâville a porté à trente mille livres la prime promise à qui me livrera. Une belle occasion de s'enrichir... Mais je sais que personne parmi vous ne la saisira. »

Sa voix s'enfla, faisant passer le frisson dans l'assistance qui l'écoutait sans le voir, car on avait soufflé par précaution sur les torches.

« Le Christ pouvait lire dans les cœurs, mieux que je ne puis le faire, moi, son indigne serviteur. Il savait avant que Judas ne le sache lui-même que celui-ci le trahirait. Et il partagea avec lui, comme avec les autres, le pain et le vin. Car il était dit que Judas vendrait son maître. N'ayons pas peur, frères et sœurs, de la trahison. Il nous arrivera sans doute d'être vendus, et nous devons à l'avance pardonner à ceux qui nous livreront, par esprit de lucre ou par vengeance, car ils ne savent pas ce qu'ils font. À nous, Dieu a promis la vie éternelle. Ce grand bonheur vaut bien le misérable malheur que nous Lui offrons, en gage de fidélité. Le seul à plaindre, s'il se trouve parmi nous, c'est Judas.

— S'il s'en trouvait un, dit une voix rude, sauf votre respect, monsieur le pasteur, je l'étranglerais avec ses propres tripes. Nous avons femmes et enfants avec nous, qui risquent leur pauvre vie parce que c'est la volonté de Dieu. Le Christ était trop bon, nous devons défendre les nôtres contre le lion dévorant. Non, nous ne craignons pas Hérode, ses dragons et ses espions. Bientôt, l'Éternel armera notre bras, et ce sera à eux de nous craindre. »

Une immense clameur salua ces mots. Dent pour dent, œil pour œil : cette foule où chacun avait déjà perdu au moins l'un des siens comprenait bien ce langage.

L'homme qui avait interrompu le pasteur reprit la parole :

« Ils ont détruit nos temples, nous brûlerons leurs églises. Ils maltraitent nos anciens et nos pasteurs, nous ferons rentrer le blasphème dans la gorge de leurs curés assassins, de leurs capucins vendeurs de consciences. Il y a cent ans, nos aïeux ne se laissaient pas faire, quand on outrageait leur foi. Nous avons été des moutons, Louis a cru qu'il pouvait nous égorger sans risque. Mes frères, réveillez-vous, faites-lui entendre la voix des loups ! »

Fulcran Rey avait reconnu son interlocuteur. C'était un berger des Cévennes, l'un de ces inspirés que leurs disciples nommaient des prophètes. Son frère avait été pendu, sa femme envoyée aux Amériques avec les filles de joie, ses enfants mouraient de fièvre à l'hôpital de Valence. Josué Theis, le prophète d'Aubenas, tenait déjà la campagne, avec une petite bande, et l'on disait qu'il avait tué dix dragons de sa main.

Formé par des ministres qui avaient longtemps prêché la soumission au Roi-Soleil, Fulcran Rey hésitait. Fallait-il répondre à la violence par la violence ? Le Christ ne l'avait pas fait, qui avait dit à ses disciples de ne pas tirer l'épée pour le défendre. Il essaya de calmer les clameurs :

« Non, Josué, il ne nous appartient pas de nous venger. Nous sommes dans la main de l'Éternel. Il a, s'Il le veut, le pouvoir de détruire les récoltes et de faire mourir les premiers-nés. Il le fera, en Son heure, mais nous, Il nous demande simplement de continuer à Le prier. Chantons. »

La grotte s'illumina soudain. Les porteurs de torches dressaient leurs bâtons enduits de résine au-dessus de la forêt de têtes, tandis que la foule entonnait le psaume de l'espoir :

« *Que Dieu se montre seulement*
Et l'on verra soudainement

Abandonner la place. »

Antoine revoyait M. Laporte chantant le même psaume, sous les coups de la populace papiste. Il serrait les poings de fureur et de tristesse. Le pasteur avait bien parlé, mais il se sentait plutôt du côté de Josué.

Pour célébrer la fin de l'assemblée, les guetteurs eux-mêmes, abandonnant leur poste, étaient venus chanter avec les autres. Le chant, repris par des centaines de voix, donnait à chacun la certitude d'appartenir à l'armée invincible des élus.

Se glissant sans être remarqué hors de la caverne, l'un des assistants avait emporté, cachée sous son manteau, une torche abandonnée par les sentinelles. Il la ralluma, et traça avec la flamme un trait de lumière, comme pour un signal. Dans la vallée, le même signal lui répondit. Judas était bien venu communier dans la grotte.

9

Le traître

Le Roi était mécontent. Il l'avait fait savoir en conseil à M. de Louvois et la colère du ministre était descendue sur les intendants.

On avait promis à Sa Majesté la fin rapide du protestantisme, et il y avait encore des protestants. L'orgueil du Roi-Soleil supportait mal cet affront. Foucault, l'intendant du Béarn, Marillac, l'intendant du Poitou, Bâville de Lamoignon, l'intendant du Languedoc, avaient pourtant tout fait pour satisfaire Versailles. Des listes interminables de conversions démontraient au Roi l'obéissance de ses sujets. Les galères de la flotte du Levant recevaient sans cesse de nouveaux contingents de protestants surpris dans les assemblées ; on avait roué vifs en seize mois la moitié des pasteurs recherchés pour avoir commis le crime de revenir dans le royaume, malgré l'interdiction ; on pendait les opiniâtres, sans clémence particulière pour les femmes et les enfants de plus de quatorze ans. Les prisons regorgeaient d'hérétiques. On ne mourait pas assez vite à Aigues-Mortes, à Valence, à Bordeaux, à La Rochelle, à Rouen pour vider ces enfers, car d'autres condamnés venaient relever les mourants. Les dragons faisaient merveille dans tout le royaume, semant la terreur sur leur passage. Mais il restait des protestants.

Louis XIV avait ordonné aux pasteurs d'abjurer ou de passer la frontière. Il avait enjoint aux réformés privés de leurs ministres et de leurs temples de se convertir, en leur refusant le droit de s'exiler. Or, on se moquait de lui. Des pasteurs que l'on croyait en Suisse ou en Hollande étaient revenus, les évasions de réformés se multipliaient, dépeuplant des provinces entières.

La douceur avait échoué, l'épouvante n'avait intimidé que les âmes faibles. On croyait en avoir fini avec le calvinisme, et il suffisait d'un prophète pour que la foi interdite retrouvât des fidèles dans une région que l'on croyait purifiée.

Bâville continuait à pendre, à brûler, à corrompre, puisque tel était le bon plaisir du Roi. La méthode n'était pas neuve, mais elle n'était pas sans effet. Tout de même, l'intendant du Languedoc cherchait depuis sa venue l'expédient qui lui permettrait d'effacer les dernières traces du serpent.

L'idée, dont il s'attribua tout le mérite, lui fut soufflée par Henri Guichard, au cours d'une tournée que l'intendant effectuait dans les mouroirs de sa province :

« Mettez un ver dans le fruit, et il n'y aura plus de fruit. Ce qu'il nous faut, monsieur l'intendant, ce sont des traîtres. »

Le traître n'est pas un scélérat ordinaire, expliquait doctement maître Guichard, qui n'avait rien à apprendre dans ce domaine.

« Si Sa Majesté y consentait, rêva tout haut l'excellent Guichard, j'ouvrirais une école où l'on enseignerait la trahison. C'est tout un art que de tromper ses amis, d'entrer dans la confiance d'une famille qui croit que vous allez l'aider, de feindre la pitié, de simuler la dévotion. Monsieur l'intendant, pour en finir avec les suppôts de Calvin, il nous faudra le faux passeur qui noie ses clients au milieu de la rivière, le faux prophète qui suscite une révolte pour faire pendre tous les révoltés.

— Je me demande quelquefois, monsieur d'Hérapine, si vous servez Dieu ou le Diable.

— Dieu, assurément, monsieur Bâville. Satan porte à présent le rabat et la toque noire du pasteur. Contre lui, tous les moyens sont bons. »

Bâville se levait tôt et se couchait tard. Il donnait seize heures par jour à la persécution. La porte de ce bourreau de travail était ouverte jour et nuit à ceux qui trahissaient leurs frères.

Le traître se fit introduire chez l'intendant à la nuit tombante. Un chapeau rabattu dissimulait ses traits, et les gardes l'avaient laissé passer sur le vu d'un méreau représentant des vignerons foulant le raisin. C'était la preuve d'une connivence dans la place : l'homme avait assisté aux assemblées tenues par l'introuvable Fulcran Rey.

« Combien étaient-ils ?

— J'en ai compté quatre cent douze à la dernière assemblée.

— Et ils étaient soixante, me disiez-vous, le mois dernier. Il est temps de frapper : l'hérésie redresse la tête.

— Laissons-la croître encore, et vous couperez toutes les têtes d'un coup.

— Vous avez toute ma confiance. Mes dragons n'interviendront que sur votre signal. Mais il ne faudrait pas trop tarder : M. de Louvois me fait dire qu'il est question à Versailles des prêches de ce Fulcran Rey. Je donnerais bien cent mille livres pour en être débarrassé.

— Chose promise, chose due. Vous aurez votre homme pour trente mille livres seulement. Vous savez que je n'agis pas pour l'amour de l'argent, mais pour la cause de notre religion. »

Bâville dissimulait mal son admiration. Ce traître-là trompait son monde. Sa jeunesse prévenait en sa faveur, et avec la foi qu'il affichait pour une cause qui n'était plus la sienne, il était fait pour séduire les calvinistes.

Le signal attendu avec tant d'impatience par l'intendant était enfin donné. Les dragons s'approchaient de la grotte avec d'infinies précautions. La Rose avait fait envelopper de chiffons les sabots des chevaux, il avait ordonné à ses hommes de noircir tout ce qui pouvait briller, des baïonnettes aux boutons d'uniforme, et la troupe progressait vers la caverne à la lueur de lanternes sourdes. Quand les habits rouges arrivèrent assez près pour entendre le psaume final, ils éteignirent leurs lanternes. Tous les chemins étaient barrés. Pour la circonstance, le sergent commandait à trois compagnies. Il avait bon espoir de passer major, si l'affaire réussissait.

Les réformés sortirent un à un de la grotte. La Rose ne voulait pas que ses premières proies donnent l'éveil aux autres. On leur laissait faire quelques pas en toute confiance, avant de les capturer par surprise. Un mouchoir fourré dans la bouche du prisonnier étouffait ses cris, et les dragons assommaient, d'un coup expert sur la nuque, les malheureux tombés dans le piège.

Une femme saisie au collet eut tout de même le temps de crier :

« Prenez garde ! Les dragons sont là ! »

Les doigts implacables se refermèrent sur sa gorge. On la punissait d'avoir donné l'alarme en l'étranglant. Elle s'effondra sans bruit dans la broussaille, tandis que les dragons, jaillissant de partout, refoulaient dans la grotte les protestants qui tentaient de s'enfuir.

Le pasteur était resté au milieu des siens. Fulcran Rey ne consentait même pas à se dissimuler en se débarrassant de son rabat et de sa toque. Les fidèles, éperdus, s'accrochaient aux vêtements des soldats, criant grâce pour leurs petits et leurs femmes. La voix du pasteur résonna une dernière fois sous la voûte basse de son temple clandestin :

« Mes enfants, n'ayez crainte. Ceux qui vont mou-

rir rejoindront au ciel les êtres chers qu'ils ont perdus. La mort ne nous fait pas peur. Offrons-la à Dieu. »

La Rose tenait en joue le pasteur Rey.

« Suis-nous sans résistance, et arrête ton bavardage. Le bourreau te rendra bientôt moins fier. Des gens comme toi, on fait durer leur supplice. Tu pleureras longtemps, crois-moi, avant de rendre ton âme noire au Diable. »

La Rose faisait ses comptes. Le plus gros poisson était passé à travers ses filets. Josué Theis ne figurait pas parmi les prisonniers. Le rebelle herculéen avait fait rouler par terre les dragons qui avaient tenté de l'attraper, frayant ainsi la voie à tout un groupe de fuyards. Antoine avait pu sauver ses deux compagnes, et avec elles une douzaine d'enfants, désormais privés de leurs parents. Tapis dans un buisson épais, les fugitifs, le cœur battant, entendaient les plaintes des captifs et les jurons des dragons partis à la recherche du prophète.

Le jour se levait. La Rose donna un coup de sifflet. Les rabatteurs remontèrent en selle. Sans doute, quelques huguenots n'avaient pas été pris, mais il n'était pas nécessaire de les faire figurer dans le rapport. Le sergent voyait déjà de beaux galons cousus sur sa manche, et une prime de mille livres dans sa poche. Il ramenait pieds et poings liés le fameux pasteur Rey.

« Battez, tambours, ordonna-t-il, nous tenons l'ennemi du Roi. »

Antoine reconnaissait cet air joyeux. Pour les soldats c'était une musique entraînante, pour lui les tambours battaient en l'honneur de la mort. Il ne quittait pas des yeux la monture de La Rose. Derrière le sergent, se tenant à son ceinturon, une silhouette se profilait dans la brume matinale. Antoine était trop éloigné pour distinguer les traits du compagnon de La Rose, mais il se demandait pourquoi celui-ci avait l'honneur de repartir avec les dragons. Ceux-ci avaient eu beaucoup de chance dans leur chasse à l'homme. Quelqu'un n'avait-il pas aidé la chance ? « S'il y a un traître parmi nous, pensa Antoine, un jour je le démasquerai. »

Cornelius s'inquiétait. Les habits rouges redescendaient sur la route d'Orange, et entre leurs chevaux, le guérisseur voyait marcher une longue file de captifs. Antoine n'était pas parmi eux, mais le bossu se repentait de l'avoir laissé se rendre à la funeste assemblée.

« Quelle idée a-t-il eue de se toquer d'une religion pareille ? Dire qu'il y a des gens assez sots pour mourir, quand trois mots leur donneraient la vie sauve... »

Le docteur était plongé dans cette méditation lorsqu'il vit enfin son assistant frapper à la fenêtre de la roulotte.

« Eh bien, mon cher Jacopuzzi, on se fait attendre. J'ai dû manger seul le bouillon que j'avais préparé à ton intention. Ma bosse qui ne me trompe jamais me dit qu'il est temps de changer d'air. On va pendre et rouer beaucoup par ici, et je ne connais pas de remèdes qui protègent de la corde de chanvre. En route, Fagon, en route. Tant que nous ne serons pas à vingt lieues de cette ville d'assassins, je ne serai pas tranquille. »

Antoine regarda avec tristesse le bon Cornelius. Il s'était attaché à lui, mais désormais leurs chemins devaient se séparer.

« Je suis venu vous dire adieu, maître. Je n'oublierai pas vos leçons mais il était dit que vous resteriez unique. Le grand Cornelius n'aura pas de successeur. Il y a, près d'ici, une douzaine de femmes et d'enfants qui comptent sur moi pour passer à travers cette forêt de dragons. Vous m'avez protégé, et je rendrai grâces chaque soir à l'Éternel d'avoir rencontré un brave homme sur ma route. Dieu me demande à présent de rendre le même service à mes frères. »

Le bossu soupira :

« Tu vas avoir besoin d'argent pour jouer au sauveur. Voilà dix écus que j'avance à ton Éternel. Il paraît qu'Il les rend au centuple. Adieu, Antoine, je t'aimais bien. »

Cornelius replia tristement la défroque du docteur Jacopuzzi, savant vénitien.

« Voyons s'il me reste un fond de jusquiame. Avec un peu de bourrache, c'est un souverain remède contre la mélancolie. »

Fulcran Rey, livré par trahison à la justice du Roi, fut condamné à être rompu vif sur la grande place de Tournon où il avait jadis exercé son ministère. Il avait vingt-six ans à peine, et il regrettait de n'avoir pu prêcher plus longtemps l'espérance au petit troupeau qui perdait un à un ses bergers. La place de Tournon était noire de monde. On ne voit pas tous les jours rouer une célébrité, et les catholiques portaient leurs enfants sur les épaules, pour qu'ils puissent mieux profiter du spectacle. Cette foule se rassemblait pour voir châtier le plus noir des criminels : les dévots répandaient partout qu'au lieu de vin, le pasteur faisait communier les siens avec du sang de nouveau-nés.

Quand les dragons l'avaient capturé, un satan cornu s'était envolé de la grotte, tenant dans ses griffes une bible huguenote. Pour un pareil monstre, la roue était un supplice trop doux. On espérait bien que le bourreau saurait le faire vivre longtemps.

Le pasteur s'était préparé à cette ultime épreuve. Il voulait mourir joyeux, et il espérait que Dieu lui donnerait la force de ne pas se plaindre pendant les supplices.

Quand il fut sur l'échafaud, il regarda l'endroit où on allait rompre chacun de ses membres, avec une barre de fer. Le bourreau, le visage caché par une cagoule noire, lui fit signe de s'étendre, jambes écartées et bras en croix, pour subir son châtiment selon les formes. Il s'étendit tout seul, sans que les aides aient à intervenir.

La foule regardait, incrédule, cet homme qui chantait devant la mort.

Le premier coup de barre lui désarticula le bras droit et lui arracha un cri :

« Pauvre corps, tu ne peux te retenir de demander

miséricorde. N'aurai-je pas la force de tout souffrir ? Viens-moi en aide, mon doux Jésus. »

Le bourreau leva à nouveau la barre, et il donna un coup terrible sur l'autre bras. On entendit les os se briser, et les spectateurs des premiers rangs devinrent tout pâles. Mais le pasteur ne criait plus.

« Vous faites votre office, bourreau, je n'ai point pour vous de haine. Dieu jugera un jour ceux qui ont inventé la roue. »

L'homme donnait des coups de bûcheron sur la victime attachée à ses pieds, dont il devait briser encore les jambes, rompre les clavicules et défoncer le ventre, sans qu'il mourût. Il l'aurait volontiers étranglé avant de commencer, pour lui épargner de souffrir, mais Bâville avait voulu que le pasteur fût rompu vif. Le bourreau faisait son devoir, et il se haïssait de le faire. Sous la cagoule noire, les larmes coulaient librement.

Le pasteur mourut une heure plus tard. Les gens les plus proches de l'échafaud entendirent le supplicié murmurer, dans un dernier souffle :

« Mon Dieu, mon corps est fatigué, prenez-le en pitié. Seigneur, reçois mon esprit. »

L'aide du bourreau se pencha sur le malheureux, qui rendait enfin son âme, et lui tira le nez, au point de séparer la tête du col disloqué. Les yeux qui ne voyaient plus paraissaient juger l'être assez bas pour torturer un mort. Quand il descendit de l'échafaud, la foule s'écarta sur son passage. Les gens se signaient, comme s'ils avaient frôlé le Diable.

Sur le balcon où se tenaient, avec Bâville, l'évêque de Valence et tous les colonels des dragons du Vivarais, l'humeur était plutôt maussade. Le spectacle n'avait pas donné ce que l'on attendait. La bonne ville de Tournon avait été invitée à assister au châtiment d'un démon, et l'assistance pleurait, comme si ce calviniste était un saint. L'intendant dépité laissa sans mot dire ses hôtes contempler la pendaison qui allait suivre. Pour sa part, il en avait assez vu.

Un homme l'attendait dans le bureau qu'il s'était fait aménager à l'hôtel de ville, car l'infatigable persécuteur ne se donnait pas un instant de repos. Bâville tendit à son visiteur un papier plié et scellé : sa récompense.

« Vous ne vous étonnerez pas de ne pas être payé comptant. Ceci est un billet sur la caisse du Roi. Vous avez rempli la première partie de notre contrat. Le pasteur Rey n'est plus. Trouvez le moyen de connaître les cachettes des fugitifs et je double votre récompense. »

Le traître s'inclina devant Bâville, qui lui donna congé. Quand il se mêla à la foule, on aurait dit, en le voyant siffloter gaiement, que ce gentil garçon avait rendez-vous avec sa belle. À l'éventaire d'une marchande, il choisit une tourte aux poireaux et mordit voluptueusement dans la pâte encore chaude. Tout en marchant, le nez au vent, avec la nonchalance d'un promeneur, il guettait de son regard d'oiseau de proie, au milieu de la foule grouillante, ses prochaines victimes.

10

Les fugitifs

Les protestants fuyaient ce royaume où on les traitait en coupables. Ceux qui n'avaient pas voulu signer le billet de conversion n'avaient d'autre ressource que de disparaître pour échapper aux galères. Les convertis sincères finissaient par se lasser de la suspicion des voisins, de la surveillance du curé. On n'avait pas la paix quand on avait abjuré. Les dévots de la Compagnie du Saint-Sacrement s'autorisaient à fouiller les maisons, car beaucoup de familles dissimulaient leur bible pour pratiquer le culte en cachette. La confession tournait souvent à l'interrogatoire, et le directeur de conscience se faisait policier, informant la justice quand il sentait un parfum de calvinisme dans la maison d'un ancien protestant.

Cette double vie devenait insupportable. Le pire, pour les parents qui avaient abjuré par peur des dragons, c'était de voir leur soumission punie : on leur enlevait leurs enfants pour les confier à des familles catholiques ou à des institutions. Le calviniste payait pension aux ennemis de sa foi. On lui disait froidement que, dans l'intérêt de sa nouvelle religion, il ne reverrait jamais son fils ou sa fille.

L'enlèvement des enfants décida beaucoup de familles à tout abandonner. En 1685, les convertis avaient blâmé les opiniâtres, qui attiraient les dragons par leur résistance. Un an plus tard, ils leur donnaient raison et disparaissaient à leur tour. Pour les réformés du Lyonnais, de la Bourgogne, du Dauphiné et du Languedoc, l'espérance se trouvait à Genève, la cité de Calvin. Sur la rive suisse du Léman, la liberté les attendait.

Encore fallait-il y arriver. Les routes étaient tenues par les dragons, les chemins de contrebande surveillés par les gabelous de la douane de Valence et l'on promettait des primes aux paysans qui livraient un religionnaire en fuite. La trahison rôdait sur le chemin de l'exode, et pourtant, chaque jour, d'autres familles partaient.

Les fugitifs apprenaient vite les ruses du gibier, qui camoufle sa trace pour échapper aux chasseurs. Bâville ne pouvait s'empêcher d'admirer l'ingéniosité de ses adversaires.

« Tout passant sur une route, disait-il à sa police,

peut être un protestant en fuite. Nos huguenots ont plus d'un tour dans leur sac. Ce pèlerin qui baise dévotement sa médaille, ce chasseur, le fusil sur l'épaule, ce portefaix traînant sa marchandise, vous les prenez pour d'honnêtes sujets du Roi. Ce sont des calvinistes mal blanchis, qui se déguisent pour gagner Genève. Savez-vous qu'ils nomment la Suisse leur Terre promise ? Ils sont rusés, nous serons plus fins encore. Foi de Bâville, ils auront beau se transformer en taupes ou en oiseaux, ils ne s'évaderont pas du royaume. »

Antoine avait souvent joué dans la forêt au cerf et aux chasseurs. Ce temps lui paraissait lointain, mais les jeux de son enfance lui servaient à présent pour protéger des fugitifs. Il fallait chaque jour trouver une nouvelle cachette, quémander du pain et de l'eau sans éveiller les soupçons, soigner les pieds en sang et consoler les orphelins, quand ils pleuraient en pensant à leur mère. Antoine Mazel ne s'était pas douté, quand il avait abandonné la roulotte de Cornelius, que cette vie serait si rude. Tous se tournaient vers lui, et cette charge lui pesait parfois. Il ne le disait pas, remerciant seulement le Ciel qu'il y eût dans le groupe deux femmes pour épouiller et débarbouiller les petits.

« On a beau ne voir goutte, lui disaient-elles en souriant, on sait mieux qu'un homme qu'il faut faire sa toilette tous les jours. S'il n'en tenait qu'à vous, nos enfants feraient honte. Dieu nous regarde et nous juge, partout où nous sommes, même dans la broussaille. »

Esther et sa maîtresse, la vieille Mme de Bruneton, avaient juré de ne pas quitter Antoine.

« Nous aurions du remords à vivre tranquilles à Bâle ou à Genève, quand vous courez ici mille dangers. Nous resterons avec vous, et le Seigneur nous protégera tous des dragons. »

La chance avait souri aux fugitifs, un jour où ils s'étaient crus tout près d'être capturés. Les pleurs d'Isabelle, une fillette qui ne voulait plus marcher, avaient mis sur leur trace une patrouille de soldats. Antoine se sentait à bout de ressources. Dans cette campagne dauphinoise qu'il connaissait mal, il cherchait désespérément un secours.

« Le Christ va nous aider », avaient prédit les dévotes. Antoine inquiet surveillait dans la plaine le parti de dragons qui se déployait en éventail, comme font les rabatteurs quand ils chassent le gibier.

« Ils vont nous débusquer, et au-delà de cette colline, il n'y a que la rase campagne. »

Au moment où il désespérait, il entendit un ululement familier. C'était le signe de reconnaissance des bandes calvinistes. L'un des leurs était donc dans les parages.

Antoine vit sortir d'un bosquet un jeune homme qui portait sur l'épaule une courte carabine.

« Le lièvre tire quelquefois sur le chasseur, en lui empruntant son arme, lui confia le nouveau venu, en s'accroupissant à ses côtés. Mon nom est Élie Cazaubon. Je crois, à te voir caché, que tu es comme moi de la religion. Tu n'aimerais pas faire rencontre des messieurs qui patrouillent là-bas.

— Assurément, et je suis bien en peine de dissimuler douze personnes, dont trois ne peuvent plus marcher. Nos dames ont prié Dieu de nous venir en aide.

— On ne Le prie jamais en vain, dit l'inconnu. Nous trouverons une retraite pour tes blessés. Devine où je vous mène ? Chez un curé. Notre malheur nous a fait trouver des complices chez l'ennemi lui-même. Jamais les dragons n'auront l'idée de fouiller un presbytère.

— Es-tu sûr de ce prêtre ? dit Antoine, avec un reste de méfiance.

— Comme de moi-même. Il y a plus d'un an que je me dévoue au sauvetage des pauvres gens, qui souffrent pour leur foi. »

Les dragons s'étaient arrêtés, et leur chef interrogeait l'horizon, comme s'il avait perdu la trace des fuyards. Soudain, on les vit tourner bride et disparaître dans un nuage de poussière.

« Il fallait un miracle pour nous sauver, le Seigneur a brouillé les sens de nos ennemis, s'exclama Mme de Bruneton. Les habits rouges ont des yeux et ils ne voient pas, ils ont des oreilles et ils n'entendent pas.

Louons l'Éternel, qui leurre pour nous les fils d'Hérode. »

Antoine était heureux. Il avait trouvé un ami, il n'était plus seul à guider la troupe. Avec Élie Cazaubon, il se sentait assuré de pouvoir mener les fugitifs jusqu'aux rives du lac de Genève.

Élie ressemblait trait pour trait au bon Samaritain, affirmait Esther, qui s'était toquée de lui au premier abord. Les ressources de leur sauveur paraissaient inépuisables. Un jour, il apportait aux dames des confitures sèches de figues et des tourtes de marmelade dont elles étaient friandes. Le lendemain, il tirait de sa poche les médecines qu'Antoine réclamait pour chasser la fièvre d'Isabelle Moustier.

Pour ses quatre ans, il avait offert à la gamine une poupée de chiffons qu'elle avait appelée Maman et qu'elle ne quittait plus jamais. Élie avait acquis en quelques jours l'affection de tous, à en rendre Antoine jaloux. Mais celui-ci ignorait la jalousie. Dieu lui donnait le frère qui lui avait manqué.

Les deux amis mettaient en commun tout leur savoir. Antoine avait appris aux enfants à poser des collets, Élie les éblouissait par son adresse à la carabine. Il abattait à la demande une perdrix en plein vol ou un lièvre zigzaguant à travers les champs.

Depuis sa venue, la Providence semblait veiller spécialement sur la troupe, qu'Esther comparait aux Hébreux marchant dans le désert.

« Vous êtes Moïse et Aaron, et grâce à vous nous ne manquons ni de l'eau ni de la manne. Je n'y vois guère, mais je sais que le Seigneur guide notre chemin, avec une colonne de fumée pendant le jour et une colonne de feu pendant la nuit. »

Élie n'allait pas si loin dans le mysticisme. Antoine appréciait son esprit pratique. Il voulait tout connaître des cachettes utilisées par les protestants, car les refuges offerts par des paysans complices lui permettraient de mener à bon port d'autres caravanes de fugitifs. Pour ce Cazaubon qui se dévouait corps et âme à leur cause, Antoine Mazel ne voulut pas avoir de secrets. Ils étudiaient ensemble les itinéraires les plus sûrs et apprenaient l'art d'échapper aux yeux et aux oreilles des dragons.

Depuis qu'ils n'avaient plus de cimetières, les huguenots enterraient leurs morts dans leur jardin. La présence d'un pin ou d'un cyprès, planté sur une tombe, signalait aux deux garçons qu'ils étaient devant une maison amie. Les paysans étaient pauvres mais leurs portes s'ouvraient à leurs frères dans la détresse. On faisait cuire un peu plus de pain, on partageait la soupe de fèves et de pois chiches. D'instinct, Antoine demandait surtout secours aux plus démunis. Ceux qui n'ont rien donnent toujours, le riche craint davantage pour ses biens. Leurs hôtes d'une nuit leur indiquaient les chemins par où ils pourraient passer en évitant les dragons, les gabelous et les chasseurs de primes. Ils savaient aussi à quelle porte, dans un village inconnu, ils pourraient frapper sans risque d'être dénoncés.

Les maisons se ressemblaient. La pièce principale était la cuisine enfumée, percée d'étroites fenêtres, où la famille se réunissait auprès de la grande cheminée. En cas de visite impromptue des habits rouges, une trappe cachée par un coffre ou par un tapis de chanvre offrait un refuge provisoire : sous la cuisine, on avait creusé à l'insu des indiscrets un réduit qui servait jadis aux contrebandiers et à présent aux protestants.

Les nouveaux convertis, quand ils se sentaient en confiance, montraient fièrement à leurs amis les cavités évidées dans l'épaisseur du plancher où ils cachaient leur bible. Dans les celliers, parmi les tonneaux de vin, il y avait parfois un tonneau à double fond, avec d'invisibles trous permettant à un enfant d'y rester caché le temps d'une inspection.

Chez un berger, où ils firent provision de fromages, Antoine et Élie découvrirent le trou du contrebandier.

Au fond d'un placard, une planche mobile laissait à découvert un passage par lequel un homme pouvait descendre dans un trou de trois pieds de profondeur.

« C'est là, leur confia le berger, que le fameux Josué Theis a passé trois jours accroupi, alors que j'avais les dragons qui ne se lassaient pas de me questionner sur le prophète. Il était sous leur nez et ces sots ne le voyaient pas.

— Mais comment dissimuliez-vous l'accès ? demanda Élie ingénument.

— C'est tout simple, mon garçon. J'avais mis sur la planche cette grosse jarre que tu aperçois là, pleine de bonnes olives de Provence. Les dragons venaient y puiser, sans se douter qu'elle était le rempart que l'Éternel offrait pour cacher Josué. Entre eux et nous, il est vrai, la partie n'est pas égale. Je ne sais rien de plus limité qu'un dragon. Ces gens-là n'y voient pas plus loin que le bout de leur baïonnette, et s'ils ont choisi ce métier, c'est qu'il dispense de penser. Je n'ai pas d'instruction comme vous deux, mais je sais au moins lire les Écritures. Dans notre Bible, je trouve les ruses qui ont permis aux Hébreux de vaincre leurs adversaires.

— Comment te nommes-tu ?

— Gédéon Loustalet, pour vous servir.

— Je me souviendrai de ton nom », dit Élie Cazaubon.

Le soir, à la veillée, Élie raconta à ses amis l'histoire de sa famille :

« Aussi loin que l'on remonte dans notre passé, chez les Cazaubon, on a toujours fait profession de la foi protestante. Mon père faisait travailler son bien, une métairie qui assurait notre subsistance. Nous étions six enfants, cinq garçons et une fille. Je ne sais ce que sont devenus mes frères et ma sœur. »

Il soupira.

« Pauvre garçon, dit Mme de Bruneton en essuyant une larme.

— En l'année 1685, le Roi envoya ses dragons, ses capucins et ses bourreaux dans le Dauphiné et il forçait tous ceux de notre religion à embrasser le papisme. J'ai vu de mes yeux des dragons clouer la croix à la bouche de leur mousquet pour l'enfoncer dans la gorge des malheureux qui ne voulaient pas signer. Mon père préféra mourir plutôt que de céder et ma mère périt de chagrin peu après. Les brigands s'emparèrent de nous, pour nous envoyer dans les écoles où l'on vous enseigne la religion romaine. J'ai réussi à m'enfuir, et depuis je fais ce que je peux pour soulager nos frères.

— L'Éternel te voit, et te récompensera selon tes actes », déclara doctement Esther, en retirant du feu les châtaignes.

Les enfants, les yeux brillants, faisaient cercle autour d'Élie Cazaubon. Les premiers jours, avec son front bombé et son œil rond d'oiseau, il avait fait peur aux plus petits, mais à présent il était leur héros. Ils parlaient comme Élie, singeant involontairement son accent dauphinois, et ils ajoutaient son nom dans leur prière. On se disputait l'honneur d'aller chercher de l'eau pour lui quand il avait soif, ou de marcher à ses côtés quand la troupe, à la faveur de la nuit, cherchait un nouveau refuge.

Élie n'ignorait pas son pouvoir. Il lui plaisait d'être populaire, et quand Esther ou Mme de Bruneton lui baisaient la main, il se laissait faire.

Antoine, plus réservé de nature, s'étonnait un peu que son ami ait raconté avec tant d'abandon les malheurs de sa famille. Il n'aurait jamais raconté les siens. Comme sa mère, il croyait que l'on ne fait pas spectacle de la souffrance. Néanmoins, il n'en faisait pas reproche à Élie. « Les Dauphinois, pensait-il, sont ouverts, comme les Cévenols sont secrets. »

11

Marie

Depuis son départ de Tournon, la petite troupe avait parcouru près de cent lieues, bien plus qu'il n'en faut par les grandes routes pour atteindre Genève. Les fugitifs avaient dû maintes fois rebrousser chemin quand un danger leur était signalé, et ils allaient là où ils savaient trouver un asile, quitte à perdre encore quelques jours avant d'atteindre leur but.

« C'est la course du lièvre à travers les champs, dit Antoine en plaisantant. Mais nous nous approchons tout de même de nos amis genevois. »

Ils étaient arrivés par petites étapes dans le pays de Gex, et dans les forêts, ils avaient rencontré des bûcherons et des pâtres expédiés par les protestants de l'autre rive du Léman à la rencontre de leurs frères de France.

« Vous êtes tout proches de la Confédération, leur avait appris un guide romand. Voyez ces lumières là-bas. Ce sont nos villes : Nyon, Rolle, Morges, Yverdon, Saint-Cergue.

— Pouvez-vous nous faire passer le lac en barque, monsieur Chessex ? demanda Antoine.

— Hélas ! je le voudrais bien, mais les gens du Roi de France grouillent dans nos forêts et ils ont défoncé les barques de nos pêcheurs, au mépris des lois. L'autre jour, on a pendu mon cousin parce qu'il avait offert de guider un petit parti de gens comme vous. Imaginez-vous, il y avait un traître parmi eux. C'est lui qui a désigné mon parent aux soldats. »

Les enfants s'impatientaient. Après tant d'épreuves, ils se voyaient déjà en Suisse et supportaient de plus en plus mal les contraintes de leur vie de vagabonds.

« Antoine, Élie, quand est-ce que nous arrivons ? C'est encore loin, la Suisse ?

— Non. Mais ce sera difficile de passer la frontière. Ayez confiance, les enfants, Dieu vous a protégés tout au long de la route. Il ne va pas nous abandonner au moment où nous abordons la "Terre promise". »

La petite Isabelle n'était plus en état de poursuivre le voyage. L'œil exercé d'Antoine lui avait fait reconnaître les signes avant-coureurs de la fièvre quarte. Il avait pu la soigner, quand elle se plaignait de sa fatigue, avec des infusions, mais cette fois, la maladie qui faisait trembler le corps de l'enfant était beaucoup plus maligne.

Antoine était au bout de son savoir, et l'état d'Isabelle ne cessait d'empirer. Le jeune homme avait gardé de la philosophie de Cornelius une profonde défiance des médecins, dont les remèdes étaient souvent plus redoutables que le mal. Si le bossu avait été là, il aurait administré à la petite malade sa précieuse thériaque, souveraine contre la fièvre quarte. À présent, Antoine était seul, désemparé devant les progrès rapides de la maladie.

Les femmes posaient des compresses sur le visage et le corps brûlants de l'enfant, dont les plaintes devenaient plus faibles. Esther avait déjà pris son parti de la mort d'Isabelle, et tout en préparant d'autres linges, elle disait à sa maîtresse :

« Cette petite âme va bientôt connaître la paix éternelle. Loué soit le Seigneur, qui lui épargne de rester plus longtemps dans notre vallée de larmes. »

Élie était d'avis d'abandonner Isabelle au plus vite. La fièvre quarte l'emporterait, malgré leurs soins, sur la résistance d'une fillette de quatre ans et l'on perdait dans cette halte forcée un temps précieux. Le pays grouillait d'espions à la recherche de protestants fugitifs. Il fallait trouver une barque et un passeur, et laisser Isabelle à l'entrée du premier bourg venu.

Antoine ne pouvait se résoudre à condamner Isabelle. La troupe se rangeait, comme à l'ordinaire, aux avis d'Élie. Pour la première fois, il se rebella contre son ami.

« Pour une vie, disait celui-ci, nous n'allons pas compromettre le salut de tous. N'importe comment, la pauvre fille n'en réchappera pas.

— Tu as tort, Élie. Tu n'étais pas là quand un traître a fait prendre les parents d'Isabelle. Je les ai vus tomber entre les mains des dragons et l'Éternel m'a confié leur enfant. Elle sera sauvée. »

Il fallait trouver un médecin. Dans ces forêts jurassiennes, où la Science, aurait dit Cornelius, n'avait pas encore porté ses lumières, y en avait-il seulement un ? Les paysans se soignaient eux-mêmes, avec des simples, et il n'y avait dans ces parages que des bûcherons et des bergers, bien trop pauvres pour constituer une clientèle à un docteur.

Antoine était un obstiné.

« Donnez-moi un jour, dit-il aux siens. Si ce soir je n'ai pas réussi à découvrir l'homme qui sauvera Isabelle, nous repartirons, comme vous le voulez. Je vous laisse avec Élie. Vous êtes en lieu sûr dans cette combe. N'en bougez pas avant mon retour. »

Le jeune homme avait besoin de solitude. Tout en suivant la sente de bergers qui menait au village de Joux, il se débattait contre un doute affreux. L'insensibilité d'Élie Cazaubon l'avait révolté. Élie le souriant, que tous adoraient, lui apparaissait maintenant sous un autre jour. « Peut-être, songeait-il, suis-je simplement jaloux de l'affection que les autres lui portent ? Plaise à Dieu que je me trompe sur son compte. »

Chessex lui avait conseillé de s'arrêter au premier lavoir qu'il trouverait sur son chemin. Les femmes s'émeuvent davantage que les hommes quand on leur parle d'un enfant malade. Les voix des laveuses, qui bavardaient en tordant leur linge dans l'eau claire, guidèrent Antoine vers le lavoir de Joux.

Le conseil de Chessex était bon. Tandis qu'Antoine expliquait à l'assemblée des femmes qu'il avait grand besoin d'un médecin pour sauver Isabelle, son regard rencontra celui d'une fille de son âge, qui avait peine à retenir ses larmes en l'écoutant. Elle se leva d'un bond, confiant son panier à une commère.

« Viens avec moi. Mon père n'est point docteur diplômé des Facultés, mais il est le médecin des gens de nos forêts. Ils s'adressent à lui quand ils ne vont pas bien. »

Ils revinrent ensemble vers la cachette, où Antoine était attendu avec impatience. Isabelle suait sang et eau sous la mante épaisse dont Mme de Bruneton l'avait couverte. Les pauvres femmes étaient à bout de

ressources. Élie, leur providence habituelle, était parti à la chasse et leurs prières n'avaient pas éloigné la fièvre quarte. Prenant Isabelle dans ses bras, la jeune fille la berça tendrement. Elle fredonnait pour elle une comptine du Jura :

« Un, deux, trois,
Le loup sort du bois,
Quatre, cinq, six,
Chercher des saucisses... »

Les enfants répétaient la comptine avec elle, et Isabelle adressa à la demoiselle un sourire confiant. À cette troupe à demi sauvage, Marie – c'était le nom de la fille du médecin – apportait la douceur dont ils avaient perdu jusqu'au souvenir. Les plus petits étaient presque jaloux d'Isabelle, qui avait la chance d'être dorlotée. Marie était pourtant soucieuse.

« Elle est très malade. Il faut que je la montre au plus vite à mon père. Tu m'accompagnes », dit-elle à Antoine, comme s'il allait de soi qu'ils aillent partout ensemble.

Le sentier tournait, presque invisible pour un étranger, et Marie, souriante, frayait le chemin à son ami de rencontre, écartant les branches des sapins qui menaçaient le visage d'Isabelle. À plusieurs reprises, Antoine avait manqué de s'étaler en butant sur des racines sournoises, car il ne pouvait quitter des yeux cette fille au pas dansant qui venait d'entrer dans leur vie d'errants.

« Pauvre gars, songeait Marie, il a l'air épuisé. Il y a des mois qu'il n'a pas dû avoir un repas chaud, et ses vêtements sont dans un état à faire honte. » Elle s'attendrissait sans savoir pourquoi sur le vieux justaucorps usé jusqu'à la trame, la chemise en charpie et la tignasse épaisse de ce vagabond qu'elle amenait à la maison. Le grand gaillard avait autant besoin que la fillette d'être remis d'aplomb. Elle inventait déjà l'histoire qui entortillerait ses parents.

La première chose que vit Antoine, en passant la porte de ses hôtes, ce fut la statue d'une Vierge en bois peint, tenant dans ses bras l'enfant Jésus.

« Ils sont papistes, se dit-il, affolé. Et moi qui leur confiais Isabelle... »

Marie avait senti sa méfiance.

« Tu ne vas pas repartir sur les routes, avec une petite qui peut mourir d'un jour à l'autre. Vous ne risquez rien chez nous. C'est vrai, je prie Marie, qui est ma patronne, mais ce n'est pas la peine de me faire pour cela les gros yeux. Il paraît que l'on donne la chasse aux gens comme vous, quand ils veulent passer la frontière. Dans le village, les habits rouges n'ont aucune chance. Ici, ce n'est pas l'usage de livrer ses invités pour la prime. Calme tes alarmes, dit-elle doucement à Antoine, tu as bien droit à un peu de repos. »

Antoine regarda autour de lui. Sur l'étagère de bois blanc trônaient des pots de faïence aux inscriptions familières. Il reconnaissait les rosats, les violats, les opiats dont Cornelius lui avait enseigné les secrets. Il eut soudain la certitude qu'Isabelle serait sauvée. « Je suis dans une bonne maison, pensa-t-il, même si c'est une maison papiste. »

« Marie, où es-tu ? Nous avons trouvé des girolles et des bolets. Viens donc les voir, il y en a dont je ne suis pas sûre. Je m'en voudrais de vous faire une omelette avec des bolets Satan. »

La mère et la fille se ressemblaient. Elles avaient la même voix tendre et gaie, les mêmes cheveux sombres, que l'épouse du médecin portait en chignon, comme il convient à une femme mariée.

En découvrant un inconnu dans sa demeure, elle laissa tomber sa cueillette.

« Mais qui m'amènes-tu donc encore, Marie ? Je ne crois pas, monsieur, que nous ayons été présentés. Ma fille a certainement oublié de dire qui nous sommes. Je me nomme Denise Lemonnier et mon mari, Michel, s'occupe un peu de médecine...

— Et c'est assurément un bon médecin, déclara Antoine en saluant à la mode de la ville : il a un excellent choix de remèdes et une fille qui ne jure que par lui. Mon nom est Antoine Mazel. Je ne serais jamais venu vous importuner, si Isabelle n'était pas aussi malade.

— Trêve de beaux discours, s'écria Marie. Vous goûterez avec nous cette omelette. Mon père dit toujours qu'on ne fait pas de bonne médecine le ventre creux. »

Couchée dans des draps frais, la petite vagabonde était tombée dans un sommeil profond. Marie posa la main sur son front.

« Pour cette fièvre-là, je crois que je vais réciter des neuvaines à la Vierge, soit dit sans offenser notre invité. »

Michel Lemonnier n'avait pas de remède contre la fièvre dont souffrait Isabelle. Il eut l'honnêteté d'en convenir.

« Cette enfant est entre la vie et la mort. Pour que la vie gagne, il faut l'attacher à elle, car à présent elle a plutôt envie de mourir. La fièvre quarte peut tomber, par des bains d'eau froide. Quand Isabelle aura assez de force pour vous écouter, racontez-lui des histoires. Comme vous le voyez, mon cher confrère, ma science est bien courte. »

Antoine et Marie ne quittaient plus le chevet de la petite malade. Dans les contes de la Jurassienne, il y avait toujours des bergers, des moutons perdus et des loups, ou bien des princes transformés en monstres par une mauvaise fée. Les histoires de Marie ne faisaient pas peur, malgré les dangers courus par les héros, parce que l'on savait bien que ce n'était pas vrai. Antoine n'était pas capable d'inventer : il racontait, en cachant les détails affreux, les malheurs des huguenots errant sur les routes de France. Marie l'écoutait, avec de la tristesse dans ses yeux noirs, et il se hâtait de parler des inventions de Cornelius, pour entendre son rire. Pendant ces veillées, il s'était attaché à elle, et elle à lui. La fatigue leur creusait les traits, mais les heures de sommeil étaient pour Antoine des heures volées. Il se disait qu'il devait ce temps à Isabelle et qu'il la veillerait tant qu'elle ne serait pas remise. Il ne voulait pas s'avouer que cette maladie était pour l'Éternel le moyen trouvé pour rapprocher le calviniste et la papiste.

Dans sa vie d'errant, l'amour n'avait été qu'un rêve assez vague. Les soucis lui avaient pris tout son temps, le souvenir de sa mère occupait son cœur. Quand il écoutait, ravi, le rire léger de Marie, il lui semblait qu'il l'avait toujours connue. Ses yeux ne se lassaient pas d'admirer ce visage encore enfantin d'une fille qui n'avait pas fréquenté le malheur de près. Le hâle de ses joues pleines disait les heures passées au soleil à courir la campagne avec ses frères, la grâce de chacun de ses gestes le persuadait qu'il était laid, timide, indigne d'elle. Bizarrement, elle aussi se trouvait sotte à côté de ce garçon qui avait vécu tant d'aventures. Pour rien au monde, elle ne lui aurait avoué qu'elle avait pour lui un sentiment qui ne s'appelait plus camaraderie ou pitié.

Après trois jours et trois nuits de veille, la fièvre perdit la partie. La maladie a parfois de ces caprices. Isabelle, étonnée d'être revenue à la vie, prit leurs mains dans les siennes, comme la chose la plus naturelle. Ils étaient si heureux de ce que Marie nommait un miracle qu'ils s'embrassèrent sans réfléchir.

Denise Lemonnier avait pressenti la première que cet étranger était destiné à Marie. Elle se félicitait d'avoir éconduit les prétendants à la main de sa fille, qui tournaient plutôt autour de sa dot. Certes, Antoine n'était pas un amoureux de tout repos, avec les habits rouges à ses trousses et cette foi calviniste qu'elle ne comprenait pas. Elle s'en était entretenue avec Michel. Il avait haussé les épaules.

« L'amour se moque bien de ces différences. Quand je te faisais la cour, j'étais encore tout chevelu. Me voici chauve maintenant, ou quasiment, et tu m'aimes tout autant. Si ces deux-là sont faits l'un pour l'autre, il ne nous reste qu'à les aider. »

Quatre jours avaient passé comme un rêve. Antoine, le cœur déchiré, dut prendre congé de Marie. Isabelle allait se refaire une santé et trouver un foyer à Joux, il n'avait plus de raison de prolonger son séjour. Denise Lemonnier comprenait tout à demi-mot. Elle sourit à Antoine, qui baissait le nez, embarrassé par ce qu'il n'osait pas dire.

« Vous reviendrez. Il faut d'abord achever votre mission. Je vais vous prêter mes deux garnements comme guides. Le pays n'est pas très sûr en ce moment. »

Jérôme et Benoît, les cadets de Marie, avaient des joues rondes comme des pommes et le rire facile. Antoine leur enviait cette insouciance, qu'il avait perdue le jour où les dragons étaient entrés dans sa ferme.

« Je connais la forêt comme ma poche, affirmait Jérôme.

— Avec Jérôme, dit Benoît, tu irais tout droit dans les pattes des dragons, mais heureusement, je suis là. Tu aurais préféré la compagnie de Marie, on te comprend, mais tu peux remercier le Ciel d'avoir trouvé des guides comme nous. Sans nous vanter, nous connaissons d'ici jusqu'à Rolle toutes les cachettes secrètes que cherchent les dragons.

— Je n'ai peur de personne, reprit Jérôme, mais ceux-là ne me plaisent guère. L'autre jour, ils ont pris un parti de réformés, qui venaient de Mens et se croyaient déjà en Suisse. On dit qu'ils en ont pendu trois, et mené les autres aux galères. »

Antoine était ramené par leurs propos à ses inquiétudes. Avant toute chose, il devait faire traverser le lac à ses amis.

« Regarde, Antoine, l'interpella Jérôme. Par ce temps clair on voit les villages de l'autre rive comme si on y était. »

C'était vrai. La liberté paraissait toute proche, mais il suffirait de rencontrer les habits rouges, pour que leur longue marche s'achevât comme avait fini l'expédition des gens de Mens.

Quand Antoine pensait à Marie, son cœur bondissait de joie dans sa poitrine. Quand il pensait aux dangers qui les menaçaient, les soucis qu'il avait chassés revenaient, comme des nuages noirs poussés par le vent.

La troupe n'attendait plus qu'Antoine pour partir. Les enfants, les yeux brillants d'excitation, racontèrent à Antoine qu'Élie avait trouvé un passeur, un villageois de Chancy, qui acceptait de leur faire traverser le Léman dans sa barque, en demandant vingt livres par tête.

« Il me reste de l'argent, dit Élie Cazaubon, qui semblait avoir en sa possession la bourse inépuisable de Fortunatus. Cette nuit, nos protégés pourront enfin prier librement l'Éternel.

— J'en suis sûr, affirma Benoît, j'ai prié la Vierge avant de partir. »

Élie fronça le sourcil.

« Que nous ramènes-tu, Antoine ? Es-tu fou de te confier à des papistes ? »

Antoine rougit sous les regards accusateurs qui se fixaient sur lui. Pourtant, il était sûr de n'avoir pas mal placé sa confiance. Les deux garçons s'étaient rangés à ses côtés, comme pour le défendre. Élie haussa les épaules.

« Dieu veuille que tu ne nous portes pas malheur. Pour moi, il n'y a pas de bon papiste. Ces gens-là sont mauvais dès leur enfance. Je ne me fierais pas, moi, à tes deux guides. »

Benoît mit un doigt sur ses lèvres ; il venait d'entendre des craquements de brindilles dans la broussaille.

« Il y a quelqu'un qui rôde. Mettez des cendres sur les braises. »

Un homme sortit des buissons, c'était le passeur. Élie lui tendit une bourse pesante, et le paysan, une lanterne sourde à la main, les fit descendre au bord de l'eau. Dans la nuit, les fugitifs entendaient le clapotement des vagues contre la barque. L'un après l'autre, ils grimpèrent dans l'esquif.

« Le bateau est bien chargé, déclara le paysan. Je fais cela par amour pour vous, car je pourrais y laisser ma tête. Dites aux enfants de ne faire aucun bruit pendant la traversée. »

Antoine avait embrassé chacun des passagers. À présent, ils étaient entre les mains de Dieu. Sur l'autre rive, des flambeaux signalaient la présence des villageois suisses qui guidaient de loin leur pilote.

Une heure plus tard, Élie, Antoine et les deux garçons virent les lumières s'éloigner du bord du lac. La petite caravane marchait vers un village ami. Douze protestants échappaient aux vengeances du Roi-Soleil.

12

Les gens de Joux

L'esprit libéré de ses angoisses, Antoine s'était endormi comme une masse. Le soleil était déjà haut dans le ciel quand il se réveilla. Une odeur de poissons grillés picotait délicieusement ses narines. Benoît et Jérôme, accroupis, soufflaient sur les braises où cuisait leur pêche du matin.

« J'ai pris une tanche et deux brèmes, lui cria Jérôme.

— Et il ne te dit pas qu'il a laissé filer une perche. Moi, je n'ai attrapé que du fretin, mais ce sont des bons. Des gardons, une petite ablette et un carpillon. Ça se mange sans sauce et sans pain. »

Élie n'était pas de la fête. Où était-il passé ? Un

nuage d'inquiétude passa sur le front du Cévenol. Ses deux amis le rassurèrent :

« Il est parti très tôt ce matin, et il nous a dit de te laisser dormir, tu l'avais bien mérité. Il te remercie des grands services que tu as rendus à la cause – ce sont là ses propres mots – et il te fait dire que vous vous reverrez bientôt. »

Sans savoir pourquoi, Antoine se sentait soulagé. Il ne s'interrogeait pas sur les raisons qui avaient poussé Élie à le quitter sans crier gare. Il avait hâte de rejoindre Marie.

« Je n'ai jamais mangé de si grand appétit, ni rencontré d'aussi fins pêcheurs. Si vous aviez été au lac de Tibériade, notre Seigneur aurait pu nourrir toute la Judée. »

Les deux gamins rougirent de plaisir : Marie avait fait un bon choix.

Jérôme plissa les yeux malicieusement.

« Je pense que tu te préoccupes de la santé d'Isabelle. À cette heure-ci, les dragons sont à la soupe. Par la grand-route, le chemin est plus court que par la forêt. Je vais faire disparaître les traces du feu. Pars en avant avec Benoît, tu ne tiens plus en place. »

Marie les attendait. Elle avait veillé toute la nuit l'enfant, dont la fièvre, revenue comme elle était partie, lui avait donné du souci.

« Vous lui avez fait boire de la thériaque ? s'enquit Antoine.

— Dans nos campagnes, lui dit le médecin, on n'use guère de ces beaux remèdes.

— Mais vous ne l'avez pas saignée ?

— On ne saigne pas une enfant de cet âge, elle n'y résisterait pas. Puisque monsieur le savant s'intéresse à ma patiente, sachez que je lui ai confectionné un julep de ma façon. Vous souffrirez que je ne vous en donne pas la composition, cher confrère. Chacun a ses petits secrets. »

Michel Lemonnier riait dans sa barbe. Son front était déjà dégarni et trois houppes de cheveux se dressaient sur son crâne, lui donnant l'air d'un démon jovial.

« Cet homme a l'air plus gai que ne devait l'être mon père, se disait Antoine. Il me semble que notre bon roi Henri avait cette belle humeur et cette égalité d'âme. Avec de telles gens, papistes et protestants pourraient vivre sous le même toit. »

Marie et sa mère s'affairaient aux fourneaux.

« Nous avons préparé pour le sauvage de la forêt un repas qu'il ne mérite pas de manger, dit la mère, en poussant Marie du coude. Avez-vous seulement entendu parler dans vos montagnes du potage à la royale ? J'en ai pris la recette dans *Le Cuisinier français,* qui est mon Évangile à moi, soit dit sans offenser notre Sainte Vierge. Mais je suis moins cachottière que mon époux. Approche, Antoine, tu vas aider Marie, au lieu de la regarder avec des yeux de merlan frit. »

Denise Lemonnier prit un air doctoral. Son potage, qu'elle faisait rarement, était sa grande fierté. Elle affirmait que le Roi, à Versailles, n'en mangeait pas de meilleur.

« Cela fait quatre heures qu'il est sur le feu. On y met à cuire des navets, des carottes, des panais, des céleris et des poireaux, avec toute sorte de viande. Cela donne le bouillon. On jette les viandes et les racines, après qu'elles ont servi, et on filtre le bouillon. Moi, j'y mets trois viandes : du bœuf, de la poule et du jarret de veau. Mais ce n'est pas la recette du *Cuisinier français*. Pour Sa Majesté...

— Ma chère épouse, nous verrons à table si ce potage est comestible. En cas de malheur, Antoine, nous aurons un tête-à-tête avec un pâté de jambon qu'un patient m'a offert, tant il était étonné d'avoir été guéri. »

La maison des Lemonnier faisait penser à une clairière inondée de soleil au milieu d'une immense forêt. Antoine se languissait d'y revenir, alors qu'il n'en était pas encore parti. C'était comme une halte heureuse dans sa vie. Il n'avait jamais connu un aussi grand bonheur. Si, il avait déjà été aussi heureux, se souvint-il avec un pincement au cœur. Il avait cinq ans, son père était de ce monde, et il écossait des haricots devant l'âtre avec sa mère. Où était-elle à présent ?

Antoine et Marie ne se quittaient pas, trouvant toujours un prétexte pour rester ensemble.

Le docteur appelait déjà Antoine « son fils », mais Denise hochait la tête avec tristesse. En accueillant dans leur famille ce huguenot rebelle, qui faisait passer les frontières à des proscrits, ils défiaient le Roi et l'Église. Antoine aimait Marie, elle était folle de lui ; mais quel prêtre bénirait une pareille union ?

« Le Roi reviendra peut-être de son erreur, soupira le père de Marie. Elle aura coûté cher au royaume, avec ces provinces dépeuplées par le funeste édit. Feu le roi Henri, auquel – paraît-il – je ressemble, dit-il en se caressant la barbe, avait cousu une bonne paix entre vous et nous. On la déchire à présent, pour le seul bonheur des méchantes gens, qui font fortune à dénoncer des protestants.

— Marie, qui est au Ciel auprès de Jésus, doit pleurer sur ces enfants que l'on sépare de leurs parents. Elle a tremblé pour son fils et elle l'a vu mourir. Elle est bonne, tu sais, Antoine, et tu l'aimeras plus tard, comme nous l'aimons.

— J'aime votre Marie. Je voudrais vivre avec elle le restant de mes jours. Je dois vous quitter pour un temps, car le Dieu auquel je crois demande aux plus forts d'entre nous de veiller sur les faibles. Il y a dans les prisons et les hôpitaux du royaume des enfants sans leur mère, des mères sans leurs enfants. Je ne peux les délivrer toutes, mais en souvenir de Jeanne, ma mère, et de ma sœur Élisabeth, qui sont toutes deux prisonnières, je vais faire de mon mieux pour empoisonner la vie des dragons et des espions. »

Ce beau programme enthousiasmait déjà Jérôme et Benoît, qui avaient toujours donné la préférence aux faux sauniers sur les gabelous[1]. Antoine les retint d'un geste.

« Je partirai seul. Vous en avez trop fait pour un huguenot. »

Denise Lemonnier fit un signe de croix sur son front. Les enfants remplissaient son bissac de provisions pour la route, pillant le cellier de leur mère. Celle-ci alla chercher dans une armoire les vêtements qu'Antoine portait à son arrivée.

« Marie a recousu tes haillons comme elle a pu. Je compte sur toi pour en faire des guenilles. Les hommes sont tous pareils. »

Il n'osait pas regarder Marie, dont il sentait la détresse sans qu'elle eût à prononcer un mot. Silencieusement, elle se jeta dans ses bras.

« Laissez-la pleurer tout à son aise, conseilla sa mère. Cela fait toujours du bien aux filles. »

Elle l'étreignait, avec une force sauvage, comme si son corps pouvait avouer ce qu'elle n'osait lui dire.

« Ne pars pas, ils te tueront. »

Il l'embrassait doucement sur le front, sur les lèvres,

---

1. Faux saunier : celui qui faisait la contrebande du sel. Gabelou : employé de la gabelle, l'impôt sur le sel.

dans le cou, pour lui transmettre un message silencieux. Soudain, elle se détacha de lui.

« Je serai avec toi partout où tu seras. »

Antoine reprit le chemin qui devait le mener à Tournon, sans regarder derrière lui.

Troisième partie

13

Le secret de maître Gineste

Le retour se fit sans encombre. Antoine, qui n'avait pas charge d'âmes, voyageait par la grand-route avec un passeport établi au nom d'Antoine Lemonnier, marchand de montres et de besicles. « Te voilà entré dans la famille, suppôt de Calvin », lui avait dit le bon docteur, en lui glissant une poignée d'écus dans la poche de son justaucorps. Quinze jours plus tard, il était à Tournon.

En son absence, la condition des réformés s'était encore aggravée. Bâville brûlait les villages soupçonnés de donner asile à Josué Theis, et l'on reconnaissait en ville ceux qui avaient abjuré à leurs yeux rougis par les larmes : la séparation des enfants et des parents était devenue de règle car on appliquait avec férocité la cruelle ordonnance de 1681 :

Nous voulons et il Nous plaît que Nos sujets de la religion prétendue réformée, tant mâles que femelles, ayant atteint l'âge de sept ans, puissent entrer dans la religion catholique et qu'à cet effet ils soient reçus à une abjuration, sans que leurs pères et mères y puissent donner le moindre empêchement.

La dénonciation tenait lieu de preuve. Pour arracher la racine de l'hérésie, les confesseurs recommandaient de mettre les enfants dans les maisons de la Propagation de la Foi.

« Quand les reverrons-nous ?

— Jamais. Vous avez persévéré dans l'erreur, nous sauverons au moins les âmes de vos petits. »

Bâville avait trouvé l'expédient le plus sûr, qui décourageait toute recherche : les enfants enlevés changeaient de nom et partaient vers une destination inconnue, à des centaines de lieues des leurs.

Les enlèvements se faisaient la nuit. Chaque soir, des familles tremblaient en entendant des pas dans l'escalier. Étaient-ce les voisins, ou bien les archers ?

La peur régnait à Tournon, à Valence, à Romans, à Die, dans les maisons des anciens calvinistes. La tête de Josué Theis était mise à prix, car l'insaisissable prophète vengeait la mort de Fulcran Rey en assassinant des prêtres. Trois curés avaient été retrouvés lardés de coups de couteau, avec un message cousu à leurs vêtements : *Chaque coup a été donné pour une personne que ce misérable a fait pendre ou envoyer aux galères.*

Antoine s'enquit du sort de l'abbé du Chayla. Le persécuteur d'Anduze se portait à merveille. On l'avait nommé inspecteur général des Cévennes, et les catholiques eux-mêmes se signaient quand on prononçait son nom. On ne comptait plus les malheureuses qu'il avait fait expédier à l'hôpital général de Valence. L'abbé nourrissait une haine spéciale pour les huguenotes, à cause d'une certaine Jeanne Mazel qui avait jadis trompé sa confiance.

Le sieur Lemonnier, marchand de montres et de besicles, né à Remiremont en Lorraine, était moins en danger qu'Antoine Mazel, fils d'une rebelle emprisonnée. Sous son faux passeport, le jeune homme avait pris pension dans une auberge tenue par un converti, qui avait mis des images de la Vierge dans toutes ses chambres et rebaptisé *Au bon saint Roch* son auberge du *Lion d'or*. Jean Gineste, quand il était encore protestant, portait la barbe longue, à l'ancienne mode huguenote. Il était glabre à présent, et c'était de ce sacrifice qu'il souffrait le plus.

« La barbe m'allait bien, j'en tirais vanité. Je l'ai offerte à la Vierge Marie, le jour où mon confesseur m'a fait découvrir l'étendue de mes erreurs anciennes. "Dépouillez en vous le vieil homme", dit saint Paul dans ses épîtres. C'est ce que j'ai fait. Mon établissement n'abrite que des bons catholiques. »

Au rebours de l'hôte, Antoine s'était laissé pousser la moustache. Il avait appris avec satisfaction que le Roi, qui avait la moustache quand il était jeune, heureux et tolérant, ne la portait plus à présent qu'il était dévot, seul et malade. Les gens, dans le pays, faisaient des prières pour la santé du souverain. Antoine espérait que l'heure était venue où Louis répondrait de ses crimes devant l'Éternel.

Quand les cloches de la ville sonnèrent à toute volée pour annoncer que le royaume n'avait pas prié en vain

et que Sa Majesté était sauvée, le marchand de montres se sentit un peu triste. Dieu prenait Son temps pour punir les méchants. Mais il n'allait pas juger le Seigneur.

L'évêque de Valence célébrait lui-même le *Te Deum* dans la cathédrale. Par curiosité, Antoine était venu. Il voulait voir de près ce petit homme contrefait qui poussait le Roi à redoubler de cruauté. La cathédrale avait ouvert ses portes à deux battants, ses piliers étaient tendus de flots de soie bleue marquée de la fleur de lis, et l'orgue jouait une musique si belle qu'Antoine en eut les larmes aux yeux. Il dut se rappeler que ces excellents musiciens écrivaient des hymnes de reconnaissance au Roi qui emprisonnait des enfants, après avoir fait mourir leurs pères.

Dans cette foule en extase, qui remerciait saint Luc, saint Marcelin, saint Pierre et saint Barnabé, Antoine crut reconnaître une silhouette familière. Un grand échalas, les yeux baissés, le cheveu ras, chantait plus fort que tous les autres un cantique en l'honneur de la Vierge. Antoine ne s'était pas trompé : c'était bien Orry, avec lequel il faisait le guet jadis, quand leur bande tendait des embuscades aux gamins papistes de Saint-Hippolyte.

Que cette époque paraissait lointaine...

« Dire que j'ai joué avec ce jésuite, songeait Antoine. Je lui laverais bien sa sale bouche avec du savon, pour lui faire passer l'envie de prononcer le nom de Marie. »

Il portait comme une relique un minuscule portrait de son aimée, qui l'avait secrètement logé dans le couvercle d'une montre. Cette découverte lui avait gonflé le cœur d'un sentiment sans nom, où se mêlaient la joie et la tristesse. « Je serai partout où tu te trouveras » : la dernière phrase de Marie revenait souvent dans son esprit, et il lui suffisait de regarder le portrait à la dérobée pour revoir sa papiste courant à ses côtés dans la forêt de Joux.

Dans cette ville qui chantait son bonheur de vivre sous le règne de Louis, quatorzième du nom, Antoine se demandait s'il n'était pas le dernier protestant à vouloir s'opposer à la volonté du Roi persécuteur. Sans doute, Josué Theis protestait-il à sa manière en éventrant les curés, mais cette revanche sanglante horrifiait Antoine. Certes, la Bible était pleine de massacres bénis par l'Éternel. Ce n'était pas la foi que sa mère lui avait enseignée. Jeanne Mazel choisissait dans les Écritures d'autres exemples, et d'abord celui du Christ, qui avait tendu l'autre joue quand un bourreau l'avait frappé.

La bande du prophète terrorisait les papistes et brûlait leurs églises. Antoine ne pouvait ni donner tort ni donner raison à ses frères désespérés. Josué avait eu l'audace d'apparaître à cheval sur la grande place de Tournon, pour apporter à Bâville un cadeau de sa façon. L'intendant avait fait ficher sur des piquets les têtes de six parpaillots coupables d'avoir mutilé une statue de saint Barthélemy. En réponse, Josué avait fait rouler sur les pavés de la place les têtes de six dénonciateurs, jugés et exécutés dans les villages qu'ils avaient dépeuplés. « Œil pour œil, dent pour dent » : les rebelles appliquaient sans remords la loi biblique du talion et louaient le Seigneur au lendemain de leurs sanglantes expéditions.

Les nouveaux catholiques tremblaient en apprenant ces exploits. Josué battait toujours la campagne et, faute de pouvoir l'attraper, les papistes se vengeaient sur les convertis. Ils avaient beau aller à la messe ou aux vêpres, se découvrir au passage de chaque procession et promettre de ne rien cacher à leur confesseur, ils se savaient toujours en faute.

« Leurs simagrées ne me trompent pas, confiait M. de Cosnac à l'intendant Bâville, vous pouvez plonger cent fois un parpaillot dans l'eau bénite, il en ressort aussi noir et entêté.

— Vous avez bien raison, monseigneur, mais le Roi veut à tout prix qu'ils nous donnent leurs âmes, et je suis là pour faire exécuter la volonté du Roi. Messieurs les nouveaux convertis se réjouissent secrètement de nos défaites, ils louent leur Dieu de si bien protéger Josué Theis, et ils rient sous cape de mes dragons qui ne trouvent pas ses cachettes. Ils ne vont pas rire longtemps. »

Venant des Cévennes, des renforts d'habits rouges prenaient leurs quartiers chez les bourgeois de Tournon. Les catholiques regrettaient le bon temps où les soldats logeaient chez les calvinistes. À présent, les dragons s'installaient chez tout un chacun, et il fallait leur faire bonne figure. La petite ville grouillait de militaires, et ces hommes dépenaillés, fatigués par les longues courses infructueuses dans la garrigue, ne faisaient pas honneur à l'armée de Louvois. Les vieux soldats encadraient comme ils pouvaient les nouvelles recrues, de pauvres garçons qui regrettaient, sous les coups de canne des caporaux, d'avoir commis la folie de s'engager.

« L'été ne finira pas sans un événement terrible, prédisaient les bonnes gens. Il y a dans le ciel une comète qui annonce un grand désastre. »

La nuit venue, on restait dehors pour contempler l'énorme traînée lumineuse. Dieu envoyait un signe de Sa colère : mais après qui en avait-Il ?

Au bon saint Roch, ancienne maison du *Lion d'or*, Jean Gineste avait décrété que ses pensionnaires devaient être couchés tôt, pour être dispos quand il les réveillait à l'heure des matines. La vie de l'auberge était réglée comme celle d'un couvent, et si on y faisait maigre chère, on s'y rapprochait du Seigneur par d'innombrables exercices de dévotion. Un jour, on renonçait à la cassonade et à la cannelle des tartes, et l'on offrait ce sacrifice au doux Jésus. Le lendemain, on faisait maigre, sans attendre vendredi, et il n'y avait dans chaque assiette que des têtes de merlans, comme si ces poissons étaient nés sans corps. Chez Gineste, la piété s'accordait avec l'économie. Les mauvaises langues affirmaient, sans preuve aucune, qu'il mettait tout le monde au lit une heure après l'angélus pour épargner sa chandelle.

Ce régime ne dérangeait pas Antoine. Loin de Marie, tout lui était indifférent. Il avait élu domicile chez ces dévots pour être à l'abri des soupçons. La maison dégageait une telle odeur de sainteté que les archers, qui savaient que le vin y était aigre, l'avaient exemptée depuis longtemps de leurs rondes.

Antoine avait appris à se défier de tout le monde. Il se méfiait donc de l'aubergiste. Jean Gineste avait renoncé à sa foi ; il n'était pas le seul. Il avait rasé sa barbe, c'était son affaire. Mais il avait la curieuse habitude de se lever au cœur de la nuit, en prenant soin de ne pas faire craquer les marches de son escalier. Où allait-il avec tant de précautions ?

Pour en avoir le cœur net, Antoine fut le premier couché dans la maison. Louison Gineste, une maigre personne qui brûlait régulièrement ses ragoûts et servait en guise de gâteaux d'épouvantables étouffe-chrétien, admirait ce bon jeune homme. Il ne se plaignait jamais de l'ordinaire, payait d'avance, et ne lui avait pas coûté six sous de chandelles depuis qu'il était arrivé. « Un si bon sommeil, disait-elle, est l'indice d'une conscience pure. »

Le faux marchand de montres était allongé tout

habillé sur son lit, guettant le passage de l'hôte. Le carillon de l'église voisine sonnait les heures et les demi-heures. Dans l'obscurité, l'attente paraissait interminable. Enfin, Antoine entendit l'aubergiste descendre à pas feutrés. Sans faire plus de bruit que l'homme qu'il suivait, il descendit à son tour. La grande salle du bas, où flottaient encore les relents du souper, était plongée dans l'obscurité. Jean Gineste avait disparu, comme par enchantement. Il n'était pas sorti, les portes de la maison étaient verrouillées, et pourtant Antoine, qui voyait dans le noir comme un chat, ne le discernait nulle part.

« Il est là, et il se cache dans sa propre maison, se disait Antoine. Ce barbu sans barbe me paraît mener une double vie dans un hôtel à double fond. Médite-t-il quelque complot ? » Antoine avait beau surveiller sa mise et ses propos, peut-être s'était-il trahi ? L'hôte, pour se faire bien voir de l'Église, lui paraissait capable de l'empoisonner ou de le livrer.

Tout à ses sombres pensées, le jeune Cévenol aperçut soudain un rai de lumière dans la fente de la porte d'une grande armoire qui trônait au fond de la salle. Cette lumière à l'intérieur d'une armoire l'intriguait. Il ouvrit doucement la porte, et découvrit au fond du meuble le secret de maître Gineste.

La trappe cachée, comme il en avait rencontré dans les fermes huguenotes, donnait sur un sous-sol où le farouche converti bavardait en toute intimité avec Josué Theis en personne...

L'aubergiste était en train de faire des piles d'écus.

« Voilà, dit-il avec orgueil, le fruit de mes épargnes du mois. Mes pensionnaires ne se doutent pas que je les rationne pour notre sainte cause. »

Josué, avec sa barbe noire et carrée, ses petits yeux enfoncés sous ses énormes sourcils, et sa carrure de portefaix, dominait de toute sa taille son interlocuteur. Il avait l'oreille exercée d'une bête traquée : l'intrus n'avait fait aucun bruit, mais le prophète avait senti sa présence. D'un bond, il attrapa Antoine par une jambe, le fit dégringoler dans le réduit secret.

« Alors, petit papiste, on écoute aux portes ? Tu aurais mieux fait de rester dans ton lit, comme le recommande ton hôte. Qui es-tu ?

— Je me nomme Antoine Mazel, balbutia le jeune homme, qui voyait sa dernière heure venue.

— Il ment, dit l'hôte. C'est un Lorrain, il s'appelle Antoine Lemonnier, et je n'ai jamais vu papiste plus enragé. Expédiez-le, nous pourrons toujours l'enterrer dans la cave. »

Le prophète regarda longuement Antoine, qu'il maintenait au sol sous son puissant genou.

« C'est étrange. Il me semble voir ce garçon entouré d'enfants et de vieilles gens, et des lumières au bord d'un lac. Dis-moi la vérité, petit. Ta vie dépend de ta réponse. »

Antoine le regarda dans les yeux.

« La vérité est que je suis le fils de Jeanne Mazel, que M. du Chayla a fait emprisonner parce qu'elle reprenaît des âmes au démon papiste. L'Éternel m'a prêté main-forte pour me permettre de sauver les enfants que tu as vus.

— Remercions-Le de m'avoir envoyé cette vision, alors que je levais le couteau sur toi, comme Il a empêché Abraham de sacrifier Isaac. Je te fais confiance, Antoine Mazel. Mes hommes ont femme et enfants, ils auront l'esprit plus libre pour se battre quand leur famille aura passé la frontière. Ils sont, dit-il en comptant sur ses doigts énormes, dix-neuf en tout. Pourrais-tu te charger de ces pauvres êtres, qui m'encombrent ? Mon nom est un sésame qui t'ouvrira les cœurs des braves huguenots qui aident les nôtres à fuir. J'en ai dans ma tête – car je ne confie rien au papier – la liste toute dressée. Foi de Josué, jamais les armées de Pharaon ne pourront vous rejoindre. »

L'aubergiste éberlué regardait Antoine et le géant qui conversaient comme des amis de toujours. Le jeune homme dit au prophète :

« Ne vous faites point de souci. Avec des cornettes, vos dames passeront pour des sœurs qui emmènent loin d'ici des enfants que l'on sépare de leur famille. Et si notre convoi excitait quelque soupçon, je saurais bien où le cacher. J'ai moi aussi une liste de refuges dans ma tête. »

Le prophète serra la main d'Antoine avec une douceur inattendue.

« Tu me plais. Sauver des enfants est aux yeux de l'Éternel une tâche aussi belle que de lever l'épée

contre Ses ennemis. Jean Gineste, qui a tant fait pour donner le change à Hérode, te dira le lieu et l'heure de notre prochaine rencontre. Va et sois béni, car il me fait peine de voir ces enfants poursuivis ici comme des bêtes sauvages. »

Une larme roula sur la joue de l'ennemi du Roi, qui avait tué de sa main plus de trente personnes.

14

La mort du traître

Les chemins de campagne étaient étroitement surveillés : Bâville avait demandé à chaque village catholique de constituer sa milice, qui signalait aux dragons les braises encore chaudes, les traces de pas ou les brindilles brisées trahissant des passages clandestins. Le convoi emprunta donc la grand-route.

« Le meilleur moyen de ne pas être remarqué, disait le prophète, c'est de se montrer. Vous sortirez de Tournon sous le nez de l'ennemi, et il vous rendra les honneurs. »

Des dragons escortaient deux grosses voitures tirées par des mulets. On y avait entassé une quinzaine d'enfants, sous la garde de quatre religieuses à la mine sévère. Les dragons étaient tout bonnement des hommes de Josué, revêtus de la défroque de leurs adversaires, et les sœurs de charité, qui égrenaient pieusement leur chapelet, tremblaient à l'idée d'être démasquées. Antoine chevauchait de compagnie avec le convoi, et il s'amusait de voir les paysans saluer, chapeau bas, les huguenots déguisés en défenseurs de la foi.

« Nous menons, dit-il au chef de la milice, ces petits parpaillots vers un bon couvent où on les instruira. »

À la fin de la journée, ils avaient parcouru huit lieues sans avoir jamais été inquiétés. On avait trompé les paysans, mais il y avait à l'entrée des villes des yeux plus avertis. On fit donc descendre les femmes et les enfants des voitures, et les faux dragons rebroussèrent chemin. Le reste du voyage se ferait à pied, par les chemins et les refuges qu'Antoine connaissait, pour les avoir empruntés naguère.

Ces enfants sauvages avaient pris depuis longtemps l'habitude d'avoir la terre pour lit et le ciel pour couverture. Les bois et les cavernes étaient leurs retraites ordinaires, et ils savaient trouver de l'eau dans le creux d'un rocher ou prendre une bête au collet. Les mères veillaient sur les plus petits, qui pouvaient rester silencieux sans un pleur, des heures durant, dans un taillis ou un ravin, quand les dragons fouillaient les parages. Cette discipline était devenue une seconde nature pour les errants. Josué Theis disait souvent qu'un enfant n'a pas de meilleur professeur que le danger.

Avec une troupe aussi expérimentée, Antoine pouvait à sa guise faire voyager femmes et enfants par des chemins différents, avec l'assurance de ne pas les perdre. Les plus grands n'avaient pas onze ans, mais ils étaient fiers d'être ses lieutenants dans cette marche périlleuse vers la liberté.

Au troisième jour, la petite armée arriva dans ce pays dauphinois où Antoine avait fait la rencontre d'Élie Cazaubon. Il se souvenait avec nostalgie de leurs expéditions nocturnes, des dangers qu'ils avaient partagés, des secrets qu'ils avaient mis en commun. Il était désormais en terrain familier. Les huguenots qui l'avaient caché lors de son premier voyage étaient des hôtes tout désignés pour leurs frères en fuite.

Il s'était passé quelque chose dans cette région où Antoine avait eu tant d'amis. De nombreuses cavernes avaient été murées, les cyprès annonçant une maison huguenote étaient abattus, les portes qui s'étaient ouvertes aux fugitifs restaient maintenant obstinément fermées, et plusieurs mas étaient vides, comme si leurs occupants avaient déserté un pays maudit. Antoine n'osait poser trop de questions aux gens des bourgs, de peur d'éveiller des soupçons, tant il les trouvait changés. Un berger qui avait nourri tous ses protégés quand il était venu avec Élie refusa de lui ouvrir, se contentant de passer par la chatière deux miches de pain et des olives.

Antoine résolut de partir en éclaireur. Gédéon

Loustalet, l'ami de Josué, était le seul à pouvoir parler dans ce pays de muets épouvantés.

Gédéon le laissa entrer, mais Antoine sentait bien que sa présence pesait à son ami d'hier.

« Quelqu'un nous trahit, Antoine, lui dit le berger. Il n'y a plus dans la province aucune cachette sûre, les dragons se dirigent vers nos refuges comme s'ils étaient guidés par une main invisible. On a pendu beaucoup, ces temps derniers. Ne t'étonne pas que les gens aient peur. »

L'homme avait une expression de bête traquée, qu'Antoine ne lui connaissait pas.

« J'entends une cavalcade. Descends dans le trou, je te préviendrai quand le danger sera passé. »

Antoine se laissa tomber précipitamment dans le réduit qui avait hébergé le prophète. Il se demandait comment le géant avait pu tenir dans un espace aussi étroit.

Les dragons avaient envahi la cabane. Gédéon leur proposa à boire, ils ne répondirent même pas à son invite. On aurait dit des chiens de chasse flairant la présence de leur proie.

Il y avait avec eux un homme que le berger avait déjà vu, sans qu'il pût mettre un nom sur ce visage. Ce front bombé, ce regard d'oiseau ne lui étaient pas inconnus. Ce personnage apportait la peur avec lui.

« Je vois avec plaisir que tu ne m'as pas oublié. Je suis Élie Cazaubon, et si mon souvenir est bon, tu te nommes Gédéon Loustalet. Tu as caché naguère le bandit Josué Theis et, à en juger ta mine défaite, je ne serais pas surpris qu'il y ait une bonne prise dans la même cachette.

— Il n'y a personne, je vous le jure. Où pourrais-je dissimuler quelqu'un, dans cette cabane ?

— Au fond de ce placard, il y a un passage que tu m'as montré, bien imprudemment, lors de notre première rencontre. Il ne faut pas se fier ainsi aux gens sur leur mine, mon cher Gédéon. Soldats, soulevez cette jarre. Ces belles olives que tu m'as fait goûter, l'ami, vont te valoir vingt ans de galères, si tu as de la chance. »

Le traître découvrait des dents blanches et pointues dans un sourire carnassier. Antoine, sorti brutalement de son réduit, se demandait en revoyant Élie comment il avait pu lui faire confiance.

Pieds et poings liés, Antoine fut jeté sur le dos d'un cheval. Une main rude le maintenait, tandis que l'escouade galopait vers son casernement. Dans sa détresse, le jeune homme avait une consolation. En venant seul chez le berger, il avait épargné le même sort à sa troupe.

« Ils sont à présent sous la protection de l'Éternel. Seigneur, ce sont Tes enfants, mène-les jusqu'à Genève. »

Sur ce qui l'attendait, il ne se faisait aucune illusion. À dix-sept ans, il était bon à pendre. Sa vie était finie, et elle venait à peine de commencer. Il avait follement rêvé au bonheur, pendant les quelques jours où il avait oublié, grâce à Marie, qu'il n'était qu'un errant, promis un jour ou l'autre à la capture et à la mort. Ce jour était venu, à l'improviste. « Car on ne sait jamais le lieu et l'heure », disait Josué, qui avait vu tomber tant de ses frères.

« Je serai toujours avec toi, là où tu seras. »

La petite phrase de Marie lui déchirait le cœur, et pourtant il était heureux de l'avoir connue. « Marie, ma papiste, songeait-il, je ne sais que te souhaiter. Je ne voudrais pas que tu portes mon deuil sans m'avoir même épousé, et je me sens jaloux de l'homme qui viendra après moi. Marie, promets-moi que nous nous reverrons. »

Les dragons avaient fait halte, pour donner à boire à leurs chevaux. L'un d'entre eux s'approcha du captif, et desserra ses liens.

« On ne fait pas voyager un chrétien de cette manière, surtout si sa promenade doit s'achever sur l'échafaud. Marche un peu, mon garçon, tu te dégourdiras les jambes. »

Cette voix, Antoine la reconnaissait. Il leva vers cet homme, qui lui frictionnait les poignets pour faire revenir le sang, un regard surpris et reconnaissant. C'était bien le Parisien, qui lui avait appris à tirer à la carabine.

Ses cheveux avaient blanchi, sa taille s'était voûtée, mais il n'avait pas perdu sa belle gaieté.

« Eh oui, mon garçon, il était dit que nous nous retrouverions. J'aurais bien voulu que ce soit dans d'autres circonstances. Je n'aime pas le métier que l'on nous fait faire. C'est pourquoi La Rose – tu te souviens de lui ? – m'a versé dans une autre compagnie. Mes camarades ne valent d'ailleurs pas plus cher que les brigands qui persécutaient ta mère. Je ne te raconterai pas ce qu'ils ont fait dans cette contrée. Tu vois mes cheveux, ils sont devenus blancs en une nuit. »

Les autres dragons profitaient de la pause pour bourrer leur pipe ou se tailler une tranche de lard.

« Il n'y a même plus rien à voler par ici, le régiment du Royal-Croate[1] est passé avant nous, et ces criquets-là ne laissent rien derrière eux. Je vais tâcher de te trouver un quignon de pain, car à la prison où tu vas, on estime que c'est pécher que de nourrir les candidats à la potence. Ne sois pas triste, Antoine, le bourreau t'expédiera vite. Mourir pour mourir, mieux vaut finir ainsi que de périr de la gangrène, comme ce vieux Picard que tu as connu. Il sentait si mauvais que nous l'avons abandonné sur le bord d'une route, avec un pistolet chargé comme dernier remède. »

Il offrit à Antoine un croûton frotté d'ail, et le fit boire dans sa gourde.

« Que c'est beau la charité, ricana Élie Cazaubon.

---

1. Royal-Croate : mercenaires d'origine croate. Ils portaient une étoffe serrée autour du cou, qui a donné la mode – et le nom – de la cravate.

C'est une vertu assez peu pratiquée chez les dragons : vous avez, l'ami, une vocation manquée de religieuse. »

Il sortit de la poche de son gousset une montre à boîtier.

« Elle est tombée de tes vêtements, Antoine, quand tu te débattais. Cette jeune personne est fort agréable, ma foi. L'Éternel te permet-Il donc de jouer au joli cœur ? »

Il laissa tomber la montre comme par inadvertance. On entendit un bruit clair. Élie, sans quitter Antoine des yeux, écrasa sous son talon le seul trésor qui restait à son ancien ami.

Antoine n'eut pas le temps de bondir sur Élie Cazaubon. D'un geste rapide comme l'éclair, le Parisien avait sorti son sabre du fourreau et porté un coup droit qui transperça la poitrine du scélérat.

« Voilà une bonne chose de faite, conclut-il. Je ne croyais pas qu'il y eût sur Terre un être plus vil que mon sergent, mais celui-là damait le pion à La Rose. »

Il se laissa arrêter sans résistance.

« Je crois, dit le caporal qui ficelait son camarade, que vous allez offrir tous deux un beau spectacle au peuple de Grenoble. On dit que le bourreau a un tour de main qui fait durer le plaisir un bon quart d'heure. »

Bâville avait imaginé une procédure expéditive que l'on avait adoptée dans tout le royaume, pour épargner à la justice le coût d'un long procès. Antoine et son complice furent jugés le matin et condamnés à quatre heures de l'après-midi par des magistrats fort satisfaits de la collation que leur avait offerte l'évêque de Valence et de Die, en tournée pastorale dans leur région.

« Ce M. de Cosnac est fort vilain à voir, confia le premier juge à son assesseur, mais il faut reconnaître que sa table est exquise. Je n'ai jamais mangé d'aussi bonnes confitures. Le Roi, m'a-t-on dit dans les cuisines, lui a fait tenir une rareté : des petits pois que l'on fait pousser dans les serres de Versailles. Il faudra nous faire inviter à souper, après la pendaison de ces misérables. »

Antoine et le Parisien avaient encore trois jours à vivre. Le bourreau n'exerçait pas son office pendant les fêtes chômées, et l'on était le 25 août, qui est la Saint-Louis.

« Le jour, ce n'est rien, mais les nuits me paraissent longues, disait le Parisien. Enfin, nous n'en avons plus pour longtemps. Toi, Antoine, tu es amoureux, la vie te laisse des regrets, la mienne ne m'en laissera aucun. J'ai eu plaisir tout de même à enfoncer ma lame dans le cœur de ce coquin. C'est la seule bonne action de mon existence, et je plains le Diable d'avoir à fréquenter des messieurs de la trempe d'Élie Cazaubon. »

La prison regorgeait des victimes de l'espion de Bâville, qui attendaient le passage de la chaîne des galères. Par faveur spéciale, les geôliers avaient permis aux deux condamnés à mort de n'avoir personne d'autre dans leur cellule.

« Je n'ai rien contre tes frères, disait le Parisien, mais leurs psaumes me cassent la tête. Sais-tu, je n'ai jamais aimé qu'une chanson, celle que La Rose nous interdisait de chanter. La nature m'a donné une voix de fausset, mais si tu veux bien, Antoine, je vais t'en chanter un couplet. »

Prenant le silence de son ami pour un consentement, il chantonna :

« Dès le matin au point du jour
On nous fait battre le tambour,
On nous appelle pour faire l'exercice.
Et toi, pauvre soldat,
C'est ton cruel supplice. »

Antoine n'écoutait qu'à demi. Par le soupirail, il contemplait les étoiles, qui lui paraissaient énormes cette nuit-là. « Peut-être, songeait-il, Marie n'est pas couchée et voit les mêmes étoiles. » Il s'efforçait de ne jamais la quitter en pensée, pour profiter le plus longtemps possible de sa présence.

« Je serai partout où tu te trouveras... » Dans cette pièce basse, où d'autres malheureux avaient attendu la mort, il grava sur le mur couvert des derniers mots et des derniers dessins leurs deux noms entrelacés.

15

La potence de Grenoble

Grenoble ne parlait que de l'exécution imminente d'Antoine Mazel et du meurtrier d'Élie Cazaubon. L'extrême jeunesse du premier condamné, les états de service du Parisien et l'horreur qu'inspirait la trahison de Cazaubon prévenaient en faveur des deux pauvres diables. On espérait un geste de clémence pour la Saint-Louis, mais le Roi était trop loin. Bâville était sur place, lui, mais avec des dragons qu'il avait fait venir des garnisons les plus lointaines. De l'intendant en guerre permanente contre l'hérésie, il ne fallait attendre nulle pitié. Il perdait avec Élie Cazaubon le plus précieux de ses espions, et il ne décolérait pas de le savoir tué par un dragon.

« Vos hommes, avait-il dit au colonel de Montrevel, doivent être repris en main. Quand je suis venu, tout le Midi tremblait devant mes habits rouges, et à présent les voilà qui tuent un bon chrétien pour venger un parpaillot. J'exige une belle exécution en musique avec tous vos tambours. »

Mgr Le Camus, évêque de Grenoble, avait apporté à Bâville des placets[1] portant les signatures de cent dames de la ville, parmi les plus dévotes, qui demandaient que l'on sauvât au moins Antoine Mazel. Bâville s'était montré implacable et avait déchiré les lettres sans les lire.

« Ils mourront, et le Roi en sera informé. La clémence dans leur cas serait de la faiblesse, qui donnerait de l'audace à tous les criminels. Je vous donne le bonsoir, monseigneur. »

L'échafaud, avec ses deux potences, avait été dressé sur la place la plus vaste de la ville. Les charpentiers avaient travaillé toute la nuit pour installer l'instrument du supplice.

Dans la lumière du matin, l'intendant contemplait avec satisfaction les troupes qui se formaient en carré, au son des fifres et des tambours, autour de l'échafaud.

« Je suis peut-être le seul à aimer cette fête, disait

---

1. Placet : demandes écrites adressées à un supérieur.

Bâville, mais les Grenoblois feront bien d'y être présents. »

Le cruel intendant n'était pourtant pas le seul à souhaiter une mort en musique pour les deux condamnés. Parmi les compagnies mandées à Grenoble, il y avait celle du major La Rose, passé officier pour avoir dragonné avec éclat dans les Cévennes, le Vivarais et le Dauphiné. Il se faisait du souci pour ses tambours qui ne partageaient pas, malgré les coups de canne, son goût des belles batteries et sa passion des supplices.

« La tradition se perd, soupirait-il. On ne m'envoie plus que des mauviettes, qui s'évanouissent quand on leur demande d'embrocher un marmot. »

Les dernières recrues, que le major épuisait d'exercices à la baïonnette et de répétitions musicales au petit jour, voyaient La Rose dans leur rêve, sous la forme d'un diable, exigeant inlassablement le même air de tambour. Nombre d'entre eux avaient choisi l'habit rouge pour ne pas mourir de faim, et Louvois en était réduit à faire combattre les Cévenols en Dauphiné et les Dauphinois dans les Cévennes.

« Il n'y a jamais eu, et il n'y aura pas de mécontents dans mon bataillon, hurlait La Rose en leur faisant recommencer l'exercice. Battez, tambours, on ne vous entend pas à vingt pas. »

Debout dans la charrette qui les menait à l'échafaud, le soldat rebelle et le huguenot étaient escortés par une foule immense, qui grossissait à chaque coin de rue. De cette foule, un cri montait, que n'arrivait pas à couvrir le roulement des tambours :

« Grâce, grâce ! »

Les soldats contenaient avec peine cette mer humaine. Les chevaux hennissaient, affolés par les clameurs, et les cavaliers devaient donner du fouet et de la voix pour se frayer un passage.

« Grâce, grâce ! »

La supplique était devenue une menace, et on sentait la ville au bord de l'émeute. Les dragons baissaient la tête sous les insultes et n'osaient frapper les gens qui retenaient leurs montures par la bride.

« Assassins, allez-vous laisser mourir des innocents ? »

Les dragons étaient pâles. Ils allaient à la mort de l'un des leurs, et leur cœur était avec la foule qui les outrageait.

On approchait lentement de la place Grenette.

Le Parisien souriait, comme s'il se rendait à la fête.

« J'aurai attendu mon dernier jour pour devenir la coqueluche du pays. C'est dommage, je n'aurai pas le loisir d'en profiter. Mon Dieu, que cet échafaud a vilaine mine ! Je suis bien aise que ma mère ne soit plus de ce monde. Elle me traitait toujours de gibier de potence quand je lui volais des sous pour aller boire.

— Moi aussi, dit Antoine, je pense à ma mère. Tu as raison. Je ne voudrais pas qu'elle soit là pour assister à mon supplice. Mais j'aimerais bien qu'elle sache un jour, si elle est encore de ce monde, que ma dernière pensée a été pour elle et pour Marie. Ma vie a été courte, mais il me semble que j'ai vécu des années en quelques mois.

— Tu es trop profond pour moi, Antoine. C'est pourquoi notre Roi ne vous supporte pas, vous autres parpaillots. On se croit toujours au prêche en vous entendant. Tu aurais dû t'engager avec moi, garçon. Je t'aurais appris à rire, sans demander chaque fois la permission de l'Éternel. Mais il est trop tard. Je vois là, à cent pas, un personnage en cagoule qui va bientôt nous mettre d'accord. »

Le bourreau de Grenoble passa la corde autour du cou du Parisien. Le dragon devait mourir le premier. Un carme lui tendit le crucifix à baiser, et il embrassa la croix.

« Nous saurons bientôt, camarade, lequel de nous deux avait choisi la bonne religion. Mais la mienne exige avant tout que je me mette en route avec un verre à boire et une chanson. Allons, qui me donne le coup de l'étrier ? »

Le moine prit des mains d'un soldat une gourde

pleine d'eau-de-vie, et la tendit au condamné. Le dragon claqua la langue en connaisseur.

« C'est du bon. Voilà qui me change de l'infect ratafia que nous donnait La Rose. Tiens, mais je reconnais là mon maître de musique. Permettez, dit-il au bourreau, que je chante pour mon officier son air préféré.

— Chantez, répondit l'homme à la cagoule. Dieu attendra bien quelques instants. »

Le Parisien regarda la foule sur la place, et le cordon de troupes en habits rouges autour de l'échafaud.

« Pour mes camarades, et pour mon officier qui parade là-bas sur son cheval, en se pourléchant les moustaches, voici une jolie chanson. »

Il se racla la gorge et entonna l'air interdit par La Rose :

« Dès le matin au point du jour
On entend le son du tambour,
Il nous appelle pour faire l'exercice.
Et toi, pauvre soldat,
C'est ton cruel supplice... »

La Rose fronça le sourcil. Il aurait voulu faire taire l'impertinent, mais celui-ci ne lui appartenait plus. Les soldats écoutaient, avec un sourire complice, les couplets séditieux :

« Les caporaux et les sergents
Nous font aligner sur deux rangs.
L'un dit : recule ! Et l'autre dit : avance !

*Et toi, pauvre soldat,
Tu dois obéissance...*

— Allez-vous le faire taire ! hurla La Rose. À quoi ressemble cette pitrerie ?

— Tais-toi toi-même, dit un dragon dans son dos. Le Parisien peut mourir comme il l'entend. Tu chantes toujours aussi faux, l'ancien, mais tu y mets du cœur, on va t'aider au refrain. »

Le condamné regardait fixement le major, comme pour lui imprimer les paroles dans la tête. Il reprit :

« *Et si jamais nous partons en campagne,
Les grands coups de fusil
Paieront les coups de canne...*

— Cela suffit, clama La Rose. Tambours, couvrez la voix de ce misérable. »

Les tambours tenaient leurs baguettes levées. Leurs regards jugeaient l'officier qui ne respectait pas le dernier vœu d'un dragon.

« Mille tonnerres, vous allez jouer, tambours ? »

Les caisses restèrent muettes. Le bataillon faisait bloc contre le major. Derrière les soldats, la foule silencieuse retenait son souffle.

Sous le dais bleu frappé de la fleur de lis, l'intendant Bâville avait assisté sans mot dire à cette rébellion. Il leva soudain le bras, et le bourreau lui répondit par un signe de tête.

Le Parisien continuait à chanter, encouragé par le chœur des dragons :

« *En songeant à sa mie*

Que toujours il regrette... »

Les mots moururent sur ses lèvres. L'homme à la cagoule avait soulevé la trappe et les jambes du soldat dansèrent désespérément dans le vide.

« À l'autre maintenant, et qu'on en finisse », ordonna La Rose.

Il y eut un grondement de fureur dans les rangs de la troupe. Le major cinglait de sa longue canne les épaules et le dos des soldats les plus proches.

« Musique, hurla-t-il, je veux de la musique ! »

Les tambours se mirent à jouer. Les soldats battaient lentement une marche funèbre en l'honneur du camarade pendu.

La Rose s'empourpra de rage : les dragons rejouaient en cadence le dernier couplet de la chanson du Parisien.

Au moment où le bourreau empoignait Antoine pour le pendre à son tour, on lui arracha sa proie. Des mutins étaient grimpés sur l'échafaud et ils haranguaient leurs camarades :

« Justice ! Envoyez-nous ce major maudit qui nous en a fait trop voir ! »

Les soldats faisaient un rempart de leurs corps, protégeant Antoine. L'exécuteur désemparé cherchait le condamné au milieu des dragons en colère. La Rose voyait déjà le Cévenol sauvé, et ses galons perdus. Sortant un pistolet de son arçon, il visa Antoine.

« Une balle tue aussi bien qu'une corde », ricana-t-il.

Le coup n'eut pas le temps de partir. Les révoltés chargeaient sabre au clair, comme s'ils allaient au-devant de l'ennemi. Leur ennemi, c'était La Rose. Un soldat abattit son sabre sur le poignet du misérable. Celui-ci comprit enfin qu'il ne s'agissait plus de la vie d'Antoine, mais de la sienne. Malgré sa main mutilée, il eut encore la force d'éperonner sa monture, qui partit à bride abattue vers l'estrade où trônait Bâville. L'intendant fit un signe à La Rose, qui se protégeait comme il pouvait de la furie des dragons, pour lui dire qu'un prompt secours arrivait.

Le Parisien ne se balançait plus au bout de sa corde. Les rebelles avaient emporté le mort et le vivant, le dragon et Antoine.

« Cours, mon garçon, lui souffla un dragon. Nous ne pourrons pas tenir longtemps. Je vois des gens qui vont nous tirer dessus. »

Antoine ne se le fit pas dire deux fois. Il se jeta dans la foule et la foule l'avala. Il était temps. Déjà, on voyait déboucher au fond de la place les mousquetaires gris dépêchés par Bâville. À la vue de cette troupe au galop, les gens prirent peur. Ils voulaient s'échapper, ils ne le pouvaient pas. Les mousquetaires écrasaient sous les sabots de leurs chevaux des badauds affolés, qui ne se dérangeaient pas assez vite. Quand la place fut enfin vide, on releva les morts. Parmi eux, il y avait un rouquin au visage défiguré. Raoul avait fait un long chemin pour assister à la pendaison d'Antoine Mazel. Il était venu au-devant de sa mort.

16

Jeanne

Aux premiers jours de septembre, il ne restait plus trace de la folle révolte. Mgr Le Camus avait invité les fidèles à un pèlerinage de pénitence, Bâville avait fait pendre quelques dragons. La Rose avait été cassé pour incompétence et faiblesse. Il méditait dans un hôpital sur l'ingratitude humaine. Grenoble avait retrouvé le calme, et l'intendant avait jugé plus politique d'excuser la rébellion populaire par l'exceptionnelle canicule de cette fin d'été.

Le pardon accordé à la ville ne s'étendait pas à un condamné à mort en fuite. La tête d'Antoine Mazel avait été mise à prix. Elle valait cent mille livres. Le jeune Cévenol concevait quelque orgueil d'être mis sur le même rang que le prophète Josué Theis.

Seulement, il comprenait bien qu'un rebelle de son importance ne trouverait pas aisément un abri. Hier, toute la ville pleurait pour le malheureux jeune homme promis à la potence. Aujourd'hui, les galères menaçaient la famille imprudente qui donnerait asile au bandit huguenot. La cité dauphinoise avait eu un moment de faiblesse, elle se reprenait à présent, et Antoine, en voyant ces passants paisibles, se demandait s'il n'était pas préférable de se livrer, plutôt que d'attirer le malheur sur de braves gens.

Il avait passé des nuits inquiètes dans des refuges de fortune, guettant dans son demi-sommeil le passage des patrouilles d'archers. Il découvrait qu'il est plus difficile de se cacher dans une ville que dans la forêt, et il ne pouvait pas sortir de Grenoble, dont toutes les portes étaient gardées.

En outre, il se sentait une faim de loup. Il avait partagé l'ordinaire des dragons avant d'être conduit au supplice, mais ce repas remontait à trois jours. L'Éternel avait fait pour lui un miracle. Il n'allait pas l'abandonner.

Derrière le haut mur d'un couvent, un noyer agitait ses branches et Antoine contemplait avec convoitise les belles noix bien mûres, hors de sa portée. La faim fut plus forte que la peur du danger. La muraille offrait assez de prises pour être franchie sans trop de mal. Il sauta à l'intérieur du jardin, jeta un coup d'œil autour de lui. La paix régnait sur ces allées quotidiennement ratissées, le pré où les moutons du couvent tondaient inlassablement l'herbe rase, le potager où voletaient des centaines de papillons blancs et la cour carrée écrasée de soleil.

Du haut de son noyer, Antoine pouvait voir les silhouettes sombres dans le vert des jardins : toutes les sœurs étaient au travail. Il n'en avait jamais tant vu, et ce spectacle le fit sourire.

« Quelle idée ai-je eue de me cacher chez les Sœurs de la Propagation ? Ces bigotes me livreront sans hésiter. »

Les poches lestées de noix, il se laissa glisser jusqu'à terre. Une cloche appelait les religieuses à la prière, c'était le moment de s'esquiver.

Antoine tressaillit. Une très vieille sœur, menue, ridée, le visage mangé par sa cornette, le tirait par la manche.

« Nous n'avons pas ici l'habitude d'inviter les hommes, mais la règle du couvent souffrira une exception. Si les descriptions que l'on fait partout d'Antoine Mazel sont fidèles, vous êtes bien ce dangereux rebelle. »

Le Cévenol la toisa de son haut. Elle était trop petite pour lui faire peur, et il ne savait quelle attitude prendre devant cette ennemie souriante.

« Ne craignez rien. Le but de notre ordre est bien de ramener les protestants à la vraie foi, mais le Seigneur, dont le fils a été torturé, n'a point de goût pour les potences. Vous portez un nom bien protestant, qui est commun dans les Cévennes. Savez-vous que nous avons ici une Jeanne Mazel ? »

Antoine chancela et dut s'appuyer contre le grand arbre.

« C'est le nom de ma mère. Pendant le grand hiver de la Révocation, nous avons été séparés. Cela fera bientôt trois ans.

— Notre Jeanne vient de l'hôpital de Valence, où l'on fait beaucoup souffrir les calvinistes. C'est une obstinée dans l'erreur, mais nous n'essayons plus de la corriger. Si on la laisse prier à sa manière, elle est bonne personne. La supérieure l'emploie à ravauder les draps et à faire durer nos vêtements, dont elle est très ménagère. C'est une femme silencieuse. Il a dû lui arriver des malheurs. »

Les cheveux de Jeanne Mazel étaient devenus tout blancs, et elle n'avait pas trente-huit ans. Elle avait été droite comme un if, elle marchait à présent courbée, et comme perdue dans un rêve intérieur. Quand il la vit de loin, Antoine comprit qu'elle ne repartirait plus avec lui. Il eut presque peur de se montrer.

Elle se retourna, comme s'il l'avait appelée. Quand elle sourit, il retrouva le visage qu'elle avait naguère, au temps où elle chantait des airs cévenols.

« Je savais que je te reverrais. Les sœurs chuchotent ton nom depuis une semaine, et elles croient que je ne

les ai pas entendues. L'Éternel t'a eu en Sa garde. Tu Lui es resté fidèle, mieux que moi. »

Antoine prit sa mère dans ses bras. Jadis, elle lui paraissait très grande, et maintenant elle était toute frêle, comme si la force était passée d'elle en lui.

Les sœurs se tenaient à distance. Jeanne Mazel les regarda avec amitié.

« Tu ne le croirais pas, Antoine, mais je ne quitterais cet endroit pour rien au monde. Je n'y connais pas la paix, car je l'ai perdue pour toujours, quand on m'a retiré Élisabeth. Toi, tu es un vrai Mazel. Leurs menaces ne te font pas peur, leurs séductions te laissent de glace. J'ai résisté tant que j'ai été dans ce terrible hôpital, parce que j'étais en face du Mal. Satan est moins cruel que Guichard. Mais ici, on laisse mon âme au repos. Cela m'a suffi pour que je m'attache à ces pauvres femmes, même si elles serinent leurs *Ave Maria* aux oreilles de nos enfants. »

Elle parlait très doucement, et Antoine avait peine à entendre. Il se demandait si c'était la vie dans ce cloître qui lui avait donné cette voix, ou si elle économisait sa vigueur comme une pauvresse épargne ses derniers sous.

Il la fit asseoir à ses côtés, sur un banc.

« J'aurais tant de choses à te raconter, mais voici la plus importante. Quand j'ai fait passer la frontière à des gens de Tournon, j'ai rencontré Marie. Elle est catholique. Nos différences ne comptent ni pour elle ni pour moi. Quand j'ai appris ce qu'est la trahison, quand j'ai eu peur de la mort, je savais que j'avais deux supports : l'Éternel et Marie. Je leur dois d'être là, auprès de toi. »

La mère d'Antoine se leva.

« Nos sœurs n'aiment point l'oisiveté. Viens avec moi, Antoine, tu vas m'aider à ramasser les pommes tombées dans le verger. Nous allons les apporter à sœur Marcelle. Les dames sont très friandes de ses compotes. »

Antoine triait les fruits avec elle, plaçant dans un panier les pommes destinées à la vente, mettant dans l'autre les moins belles. Agenouillée dans l'herbe, Jeanne Mazel les empilait dans un cageot d'osier, avec une minutie que sa tâche ne méritait pas. Son visage était apaisé et son regard à nouveau lointain.

« Quand nous aurons fini, dit-elle comme pour elle-même, tu iras voir la mère supérieure. C'est une personne assez fine pour une sœur, elle a même lu des œuvres de nos pasteurs, et c'est grâce à elle que les petites converties ne sont pas trop malheureuses ici. Elle trouvera bien le moyen de te faire sortir du couvent, ne serait-ce que pour ne pas induire en tentation les jeunes religieuses. »

Elle sourit, et il retrouva un instant dans ses yeux la malice qu'elle avait perdue.

« J'avais oublié de te le dire, mon fils. La moustache te sied bien, et te voilà devenu assez joli garçon. J'imagine que ta papiste ne doit pas être trop laide non plus. Notre Dieu sait ce qu'Il fait mais Il lui plaira toujours de m'étonner. Va au-devant de la supérieure, et n'oublie pas. On lui dit "ma Mère". »

Antoine étreignit Jeanne Mazel. Elle savait qu'elle ne le garderait pas longtemps... Il s'approcha à grands pas de la supérieure, qui lisait son bréviaire dans le cloître, en attendant sa venue.

17

Les converties
du couvent de Dôle

Depuis le passage d'Antoine, les gens de Joux ouvraient leurs maisons aux fugitifs épuisés, surveillaient les rondes des soldats et des douaniers, et se faisaient les complices des guides qui menaient les protestants vers la Suisse.

Dans le village, personne, pas même le curé, n'avait entendu parler de Calvin. En revanche, chacun faisait ce que disait le docteur.

Michel Lemonnier avait soigné, en oubliant souvent de se faire payer, la plupart des gens du pays. À ses débiteurs qui lui demandaient un délai, il disait :

« Vous me donnerez ce que vous me devez à la Saint-Michel. »

La Saint-Michel passait, et les bûcherons, qui ne

voyaient pas le moyen de sortir de leur dette, étaient bien embarrassés. Le médecin avait soulagé tout le monde en déchirant les billets où il notait ce que lui devait, parfois depuis des années, chaque famille de Joux.

« Laissons tomber ces vieilles histoires, disait-il avec un large sourire. Chez nous on ne pleure pas un écu. Mais vous feriez plaisir à Marie en empêchant les dragons de pendre les malheureux qui nous viennent des Cévennes et du Dauphiné. »

Pour cet écu qu'il ne devait plus, le paysan jurassien risquait joyeusement sa vie. Puisque Marie le voulait, l'un prêtait sa barque et l'autre cuisait du pain. Les pauvres avaient ainsi leurs pauvres. Le curé avait un peu grogné, mais il avait fini par suivre ses ouailles, dans l'espoir vain de sauver par-ci par-là une âme égarée.

« Ces parpaillots mangent comme quatre, se lamentait Louise, sa servante, et M. le doyen est trop bon de leur donner de mes confitures. Du pain sec suffirait bien pour ces païens, pour qui nous irons tous aux galères. »

Au coin du feu, on écoutait, comme si c'était un conte, les histoires des parpaillots. Les enfants, surtout, en raffolaient parce qu'elles leur faisaient peur.

« Moi, disait la veuve d'un pasteur, je sortais la nuit, au cœur de l'hiver 1686, pour changer d'une maison à une autre. Il faisait si froid que les loups affamés rôdaient jusque dans les villages.

— Est-ce qu'ils mangeaient les protestants ? demanda une fillette.

— Assurément non, ma fille, car l'Éternel veillait à nous protéger à l'heure du danger. Mais il m'arrivait de faire une lieue dans la neige, alors que j'étais grosse de huit mois, attendant mon petit David. Dans ces contrées que nous avons traversées il y a toujours un espion papiste, dont il faut se méfier.

— Chez nous, il n'y a aucun papiste, affirma intrépidement Benoît, qui croyait que *papiste* voulait dire *malfaisant*. Vous resterez à Joux tant que vous voudrez et pour aller de l'autre côté il n'y a pas de meilleurs passeurs que mon frère et moi. »

Pour l'amour d'Antoine, Marie Lemonnier allait de maison en maison, quêtant de l'aide avec l'obstination d'un moine mendiant. Les paysans soupiraient mais ils lui cédaient toujours un œuf ou une mesure de farine. Jérôme et Benoît tenaient un fructueux commerce de simples, et pour un des miraculeux juleps de leur père, ils exigeaient un plein panier de champignons, de fruits ou de noix.

Jérôme était passé maître dans l'art de terrifier les pingres, qui trouvaient que les médecines avaient beaucoup enchéri ces derniers temps.

« C'est sûr, le remède paraît cher tant que l'on est en bonne santé. Mais ce julep va vous préserver de la vésanie, de la phlegmasie, de la dyspepsie et même des vapeurs noires. »

Préservés par le julep, que le médecin confectionnait avec de l'eau distillée et des décoctions d'herbes, les villageois rendaient grâces à la science des fils Lemonnier, dignes successeurs de leur père. On arrivait ainsi à nourrir les tablées de protestants qui se succédaient dans cette maison où l'on priait devant la Vierge.

« Elle est de cœur avec nous », affirmait l'épouse du docteur, en s'excusant auprès de la mère de Dieu, car avec tous ces réfugiés qui passaient, elle n'avait plus le temps de dire ses prières.

« Tes parpaillots me feront cuisiner nuit et jour », répétait-elle à Marie. Mais elle n'avait pas le cœur à gronder sa fille, qui se languissait d'Antoine, et pleurait quand elle se croyait seule.

Il y eut un jour chez eux une petite paysanne cévenole, noire comme un pruneau, qui s'était évadée d'un couvent de Dôle, où l'on instruisait les nouvelles converties. Marie interrogeait avidement Bernadette, parce qu'elle venait d'Anduze, et qu'elle avait peut-être connu Antoine.

« Des Antoine, il y en a beaucoup, et quand j'étais à Anduze, j'étais trop petiote pour regarder les garçons. Je me souviens qu'un soir des hommes en noir ont enlevé des filles dans tout le pays, et même des gamines qui avaient tout juste cinq ans. Il paraît que c'était l'ordre du Roi. Ils nous ont fait traverser toute la France, sans nous dire où nous allions. À Dôle, chez les sœurs, les favorites ont de beaux habits et des friandises que leur donnent les dames de la ville, parce qu'elles récitent bien les prières. Moi, ça ne m'est jamais entré dans la tête, j'ai déjà assez de mal avec l'alphabet. On me donnait le fouet pour me faire apprendre, et sœur Angélique, qui est la plus mauvaise, m'a même menacée du cachot. J'ai profité d'un jour de visite pour leur dire : "Adieu, la compagnie." »

Marie retint de ce récit que le couvent de Dôle accueillait des Cévenoles, et que l'on pouvait les visiter. Elle résolut de se rendre à Dôle, et quand Marie prenait une résolution, c'était peine perdue que d'essayer de la faire changer d'avis.

« Tu as de la chance, entêtée, lui dit son père. Je dois me rendre à Dôle pour mes affaires. J'ai ici une lettre d'un tabellion[1] qui m'annonce que nous héritons d'un cousin dont je ne connaissais pas seulement la figure. Ne me romps plus la tête avec tes Cévenoles. Puisqu'elles sont nées au pays d'Antoine, ta mère a préparé pour elles des pains d'épice et des prunes sèches. »

Tout au long de la route, le père et la fille dépensèrent en imagination l'héritage du cousin Victor Amé-

---

1. Tabellion : notaire.

dée. Michel Lemonnier calculait l'emploi qu'il pourrait faire des mille deux cents livres que lui annonçait le notaire.

« Comptons soixante-douze livres pour les frais de maître Mourrier, ces gens-là ne s'oublient jamais. Restent onze cent vingt-huit livres. Qu'allons-nous en faire ?

— Il nous faut remplacer tout ce qui manque à la maison, maman m'a laissé une liste. »

Michel Lemonnier chaussa ses besicles pour mieux voir, et leva les sourcils.

« Ta mère croit sans doute que j'hérite d'un financier. Elle veut que je lui achète de la soie de Tours, qui coûte dix-sept livres douze sous, rien que pour te faire une robe, des galons, des rubans, une pièce d'armoisin[1]. J'ai toujours dit que je serai ruiné par les femmes. Pour moi, que l'on traite comme un gueux, il y a un rabat[2], qui fait douze sous de dépense, un bas de chausse à sept sous et une chemise de futaine[3] à dix-huit sous.

— Monsieur mon père oublie ce que nous coûte sa prétention de jouer au médecin. Je vois sur la liste de la rhubarbe en poudre : et que coûte la rhubarbe au jour d'aujourd'hui ?

— Soixante-quatre livres le bocal, reconnut son père en baissant le nez, mais elle me fera toute l'année.

---
1. Armoisin : taffetas mince, façonné à Lyon.
2. Rabat : grand col rabattu, porté autrefois par les prêtres et les médecins.
3. Futaine : tissu de coton.

Nous avons davantage de malades, depuis que tu nous fais venir du monde. »

Quand ils arrivèrent à Dôle, ils avaient si bien trouvé l'emploi des écus du cousin Victor qu'il en restait à peine de quoi acheter un demi-arpent de la chenevière[1] que Michel Lemonnier convoitait depuis des années, pour en faire un jardin médicinal.

Le couvent des Nouvelles Converties avait l'aspect le plus riant avec ses ombrages d'ormes et de platanes, ses serres où l'on cultivait des plantes exotiques et les petits pois qui allaient sur la table des bonnes familles de Dôle.

« Que ces enfants doivent être heureuses, soupiraient en levant les yeux vers le ciel les dames du Saint-Sacrement, qui faisaient aux nouvelles catholiques des visites de charité. Ici, tout n'est qu'ordre et beauté, et l'on respire comme un parfum de sainteté. »

L'Ordre de la Propagation de la Foi était riche, il employait les donations qu'il recevait à construire encore et toujours, comme s'il rêvait de mettre en cage tous les enfants des hérétiques.

Les petites paysannes et les filles des bourgeois, les unes et les autres arrachées à leur famille et à leur terre, finissaient par se ressembler toutes, après un an de vie commune. On les habillait de la même manière, on les

---

1. Chenevière : champ planté de chanvre.

instruisait dix heures par jour, en coupant les classes par d'interminables agenouillements sur la pierre de l'école et de la chapelle. Le pire, dans les débuts, c'était le dortoir, pour ces enfants qui se souvenaient encore du petit lit, des mots de tendresse avant de dormir et des conversations des parents auprès de la grande cheminée.

De ce temps où leur enfance avait été douce, il ne restait plus rien. Les sœurs détruisaient pieusement toute trace du passé, préparant leurs élèves à une vie nouvelle. Les grandes, déjà rompues à ce régime, donnaient la main aux fillettes, quand il fallait se lever à quatre heures du matin, hiver comme été, pour aller prier à la chapelle.

À la Propagation, on oubliait ce que l'on avait été. La fille des Cévennes était punie du cachot quand elle était surprise à parler en patois avec une camarade ; on donnait à ces Esther, ces Suzanne, ces Sarah, ces Judith d'autres prénoms plus conformes à leur deuxième religion, et elles devaient chasser le souvenir de l'ancien et se rappeler qu'elles se nommaient désormais Marie-Madeleine, Louise ou Thérèse.

Les noms de famille avaient été changés, et on espérait qu'avec le temps les enfants croiraient que leur vie avait commencé au couvent de Dôle.

« Nous les avons fait naître, disait la mère supérieure aux dames extasiées. Prenez encore de ces dragées, elles sont confectionnées pour vous par nos filles. Elles vous adorent. »

La prison se faisait aimable pour les âmes soumises. On plaisait aux religieuses en priant très bruyamment pour la conversion des entêtées qui ne voyaient pas encore la lumière. Des neuvaines en leur faveur permettaient d'obtenir, par les bons points que l'on gagnait, le droit d'accompagner en ville les sœurs préposées aux achats. Quand on savait y faire, on devenait la préférée de l'une de ces femmes vouées à Dieu, qui n'avaient jamais eu d'enfant.

Avec les indociles, leur foi offensée se faisait terrible. Elles croyaient le Diable logé dans l'esprit de la fille qui ne voulait pas réciter leurs prières.

« Satan est en toi, c'est lui qui te rend perverse, mauvaise et malicieuse, mais nous saurons bien te briser. »

On se racontait au dortoir l'histoire terrible d'une pauvrette de neuf ans restée fidèle à la foi de sa mère. On l'avait fait tourner en rond sans sommeil pendant des journées entières, en la tenant constamment éveillée à coups de coude. Un jour, elle ne s'éveilla plus. Le Diable avait été vaincu, l'hérétique était morte.

Ces brutalités, dont les petites s'entretenaient la nuit, n'étaient plus de mise depuis la venue de la nouvelle supérieure. Peut-être les filles les avaient-elles rêvées ? Au fil des mois, on ne savait plus distinguer entre les cauchemars qui venaient des histoires et ceux qui restaient du passé.

Très peu des pensionnaires de Dôle avaient vu les dragons chez elles, toutes les voyaient en rêve. Au cœur de la nuit, un cri déchirant réveillait parfois le dortoir ; c'était une gamine qui se croyait au Trou noir, que sœur Angélique décrivait avec tant de détails quand sa classe n'avait pas été assez docile.

« Non ! pas les crapauds, pas les rats, suppliait une petite voix dans l'obscurité, je jure que je serai plus sage. »

Il y avait au couvent des Nouvelles Converties une fille de huit ans, venue quand elle en avait cinq et qui se souvenait à peine de son ancien nom. Du temps où elle avait été Élisabeth Mazel, il lui restait des souvenirs très tendres, mais effacés et décolorés. Jadis, il y avait eu dans sa vie un soleil plus chaud, un paysage plus aride, une mère qui la prenait dans son lit quand elle avait de mauvais rêves, un lapin nommé Ferdinand, et un frère très grand et très fort qui la mettait sur ses épaules pour lui montrer de près un nid d'hirondelles. Il lui arrivait de voir un instant le mas où elle avait vécu, et l'instant d'après elle avait oublié, rappelée à la réalité par la cloche qui les invitait au lever.

Les bonnes sœurs, qui n'étaient pas toutes bonnes, ni toutes méchantes, pensaient qu'il n'y a rien de plus beau qu'une vie de religieuse. Leur triomphe, dont on parlait jusqu'à Besançon chez leurs rivales augustines, avait eu lieu le jour où une pensionnaire, fille de pasteur, avait pris le voile qu'elles portaient. Ces miracles-là, le Seigneur n'en faisait pas souvent. On se contentait de préparer les filles à héritage au beau mariage avec un gentilhomme catholique, et les plus pauvres à leur métier de domestique. Ces dernières accomplissaient déjà dans la communauté les plus humbles tâches et, tantôt pour laver, tantôt pour prier, elles vivaient toujours à genoux.

Le jeudi, jour de visite, toutes les pensionnaires, sauf les punies, venaient au parloir, dans leurs plus beaux atours, et les dames choisissaient parmi les minois les plus frais la nouvelle convertie qui aurait droit à leurs faveurs. Les sœurs donnaient à ce défilé une rigueur toute militaire, en faisant entrer dans le parloir les petites, puis les moyennes et enfin les grandes.

Marie s'était mêlée au troupeau pépiant des dames de Dôle. Pour passer le contrôle de la sœur portière, elle avait abandonné à l'entrée le panier plein de pains d'épice et de prunes sèches.

« Nous nous chargeons de les distribuer nous-mêmes », lui avait dit la sœur portière.

La visiteuse se demandait ce qui resterait aux enfants quand les religieuses auraient prélevé leur dîme, mais elle était à présent dans la place.

Anxieusement, elle scrutait les visages, allant de l'une à l'autre, comme le faisaient les dames, qui cherchaient dans ce troupeau soumis la demoiselle de compagnie pour la promenade du jeudi.

Son regard s'arrêta soudain. L'une des fillettes ressemblait à Antoine. L'enfant était déjà passée, personne ne voulant d'elle, et s'apprêtait à rejoindre la salle d'études.

Marie courut après elle, et lui prit instinctivement la main. L'enfant se retourna, surprise.

« Tu me tiens la main comme Antoine quand j'étais petite. »

Marie sentait son cœur battre à tout rompre, elle s'efforça de composer son visage. Une trop grande émotion l'aurait perdue. Se penchant vers Élisabeth, elle lui dit :

« Si tu veux, nous ferons ensemble la promenade. »

Une heure plus tard, Marie, tenant comme une voleuse Élisabeth pelotonnée contre elle, suppliait son père d'aller plus vite sur la route qui les ramenait à Joux.

18

Retour à Joux

Antoine Mazel demeurait introuvable. À l'abri des murs du couvent, il était devenu l'homme à tout faire que l'on employait à élaguer les arbres, fumer les terres, et monter sur les toits pour remplacer des tuiles. Les religieuses s'étaient habituées à sa présence et l'avaient même pris en affection. Il passait pour un jeune homme bien né qui faisait retraite à la suite d'un chagrin d'amour. Les sœurs soupiraient, en le voyant s'activer du matin au soir :

« Mon Dieu, comme il a dû souffrir... Le temps lui fera peut-être comprendre la futilité des passions terrestres. »

Ignorant qu'il faisait si souvent l'objet de leurs conversations, Antoine trouvait dans les travaux qu'on lui demandait une paix singulière. Il comprenait maintenant l'attachement de sa mère à cette vie qu'elle n'avait pas choisie. Mais l'existence de Jeanne Mazel allait s'achever ici. La Cévenole voyait devant elle des milliers de journées toutes semblables, dont la monotonie la rassurait. Elle ne se donnait pas en exemple à son fils, et si elle était heureuse de l'avoir retrouvé, elle souhaitait qu'il ne restât pas prisonnier.

Par la mère supérieure, les nouvelles de la ville arrivaient au couvent. Les recherches se poursuivaient, mais avec moins d'ardeur, et l'opinion générale était que le proscrit avait dû mourir. La chasse aux protestants en fuite n'avait pas pris fin. Les malheureux, depuis la trahison d'Élie Cazaubon, craignaient les faux passeurs et tremblaient dans des refuges précaires. Quelques-uns avaient réussi tout de même à gagner la Savoie, où le duc, pour faire pièce à Louis XIV, leur accordait l'asile.

« Si vous abjuriez, je pourrais vous garder, et vous faire vivre parmi nous sous un autre nom, disait la supérieure. Nous avions un jardinier qu'il a fallu conduire à l'hôpital, parce qu'il était tombé malade. J'apprends que le malheureux y a péri pour avoir partagé son lit avec un pauvre diable atteint du feu sacré. Le mal des ardents fait beaucoup de morts à présent. »

Ce mal, que les paysans nommaient « feu Saint-Antoine », revenait avec la disette. Les pauvres s'indignaient de voir les riches épargnés par le terrible fléau : ils ne pouvaient savoir qu'il se cachait dans les grains du seigle[1] dont ils tiraient leur pain. La mort frappait les mangeurs de pain bis, s'écartant des maisons où l'on avait du pain blanc.

Les campagnards, plus atteints que les gens de Grenoble, demandaient en vain des médecins. Les portes de la ville étaient fermées, et l'on cherchait des volontaires assez courageux pour aller au-devant du mal Saint-Antoine. Bâville fit savoir que le Roi donnerait des lettres de noblesse à tout médecin qui voudrait bien soigner les ardents. Aucun ne se présenta.

Car le feu Saint-Antoine faisait peur. Ses victimes se plaignaient d'affreuses douleurs dans les entrailles, et la chaleur leur brûlait le ventre, alors que leurs membres se glaçaient. Antoine n'avait jamais rencontré ce mal pendant ses voyages avec Cornelius, mais il demanda à la supérieure de lui prêter des livres où le feu sacré était décrit. Ces abandonnés, que tous fuyaient, même leur famille, les laissant mourir seuls, lui inspiraient une indicible pitié.

« Ils sont comme nous, pensait-il, on ferme les portes quand ils apparaissent. Ne peut-on donc pas les aider ? »

Les livres disaient que la douleur du mal Saint-Antoine, qu'ils appelaient parfois « feu Saint-André » ou « feu d'enfer », crucifie ses victimes. Les malades

---

1. Seigle : une maladie du seigle faisait pousser sur certains épis un champignon noir, l'ergot, qui est un poison mortel.

frappent le sol de leurs pieds, ils se roulent par terre, et leur peau se couvre en un instant de rougeurs qui se déplacent comme des serpents. En peu de jours, les membres noircissent comme des charbons, le délire provoque chez l'ardent d'horribles visions, et il attend la mort pour ne plus souffrir.

Dans un manuscrit, on énumérait les moyens employés contre le fléau. Les chirurgiens recommandaient de couper les mains et les pieds, les médecins préféraient la coriandre, la tisane à base de gomme d'acacia et les racines de mandragore. Comme ces remèdes étaient rares, la pratique courante consistait à faire boire au patient le « saint vinage », un vin consacré le jour de l'Ascension, auquel on avait mêlé une poudre faite d'un peu des os de saint Antoine.

Le parpaillot gardait pour lui-même les réflexions que lui inspiraient ces coutumes : de son vivant, saint Antoine avait dû être un géant, puisque l'on utilisait depuis des siècles la poudre de ses ossements. Antoine Mazel apprit aussi que le bienheureux dont il portait le nom avait inspiré la création d'un ordre, et que les antonins avaient fait des hospices pour les victimes du feu sacré. Ces hôpitaux, naguère nombreux, n'existaient presque plus, car on avait cru le mal disparu. Il revenait, menaçant, dans les campagnes du Dauphiné, réveillant les grandes peurs d'antan.

Quand on découvrit à l'intérieur des murs de la ville plusieurs corps déjà noirs de gangrène, la cité ne se sentit plus protégée du mal. La garde qui veillait aux portes de Grenoble ne pouvait empêcher la mort d'entrer. Les échevins, pour prévenir la panique, firent brûler secrètement, à la nuit tombée, les restes des victimes. Bientôt, ce ne fut plus possible, car les fossoyeurs refusaient d'accomplir leur besogne. La municipalité offrit à saint Antoine, dans toutes les églises, des cierges hauts de cinq pieds, et gros comme le bras, en pure cire d'abeille, qui coûtaient quatre livres la pièce. Les cierges brûlèrent jour et nuit devant les statues du saint. Le huitième jour, il se laissa fléchir. La mort venait de la campagne. Un médecin, un seul, acceptait d'aller la défier sur son territoire.

Ce n'était point un docteur ordinaire. Ceux-là étaient calfeutrés chez eux, où ils étudiaient, affirmaient-ils, des remèdes nouveaux contre la maladie. Leur rival allait sur les routes, et se définissait modestement comme un bienfaiteur public.

« Depuis toujours, ma roulotte signale à nos campagnes les plus reculées l'arrivée de la science qui guérit. Vos médecins de ville saignent, purgent et assomment de remèdes coûteux des malades qui les font vivre. Moi, Cornelius, philosophe naturel, je partage par simple humanité les dons fabuleux que Dieu m'a donnés. J'irai dans les villages des ardents, mais j'aimerais bien que l'un de mes distingués confrères vienne me tenir compagnie. J'offre aux peureux les patins de bois et le masque à bec[1] dont je me passe.

---

1. Patins et masque à bec : tenue des médecins qui soignaient les lépreux et les pestiférés.

Vous verrez, dit-il aux échevins venus en corps à la rencontre de leur sauveur, ils ne viendront pas. »

On alla par la ville proposer l'offre du grand Cornelius, pour trouver partout le même effroi. Les échevins se tournèrent alors vers les antonins. Ils firent savoir qu'ils étaient tous en prière à leur maison mère de Saint-Martin-le-Viennois. C'est alors que la supérieure du couvent de la Propagation vint dire qu'il y avait chez elle un jeune jardinier, très méritant, qui allait faire son noviciat dans l'ordre des frères guérisseurs.

Quand Antoine Mazel passa, le visage caché par un capuchon, devant le poste de guet, il dut faire effort sur lui-même pour ne pas se jeter dans les bras du docteur Cornelius. Par la porte ouverte de la roulotte, on pouvait voir le bossu fort occupé à se frotter les narines, les tempes, les mains et les poignets avec un linge humecté d'une lotion odorante.

« Je crois bien reconnaître, dit Claude Vely, ce prince inca qui marchait jadis en haillons sur la route d'Anduze. Cher Humac-Patac, vous arrivez toujours quand j'ai besoin d'un assistant. Ma bosse me dit que nous allons faire ensemble de grandes choses. »

Le bossu et l'âne Fagon étaient restés pareils à eux-mêmes. Antoine se hissa aux côtés de son vieux maître, et quand il entendit grincer les roues de la voiture, il se crut revenu au temps où il attrapait des vipères et se teignait le visage.

« Fagon est comme moi, il ne peut plus changer. Toi, Antoine, tu es à présent un homme, tes épaules sont plus larges et ton regard plus triste. Ma bosse ne se trompe jamais, tu ne resteras pas longtemps avec moi, mais je mets ma roulotte et ma science à ta disposition. J'ai inventé un opiat à base d'angélique et de santal qui devrait nous mettre à l'abri de la corruption de l'air. Et pour l'eau de puits, j'ai de la racine de contrayersa, qui me vient tout droit du Mexique.

— Du Mexique, maître ?

— Ou du Gévaudan, c'est tout un. L'important, quand on va au pays des fiévreux, c'est de ne pas attraper soi-même la fièvre.

— Que pourrons-nous faire pour ces pauvres gens ? Je n'ai rien trouvé dans les livres.

— Quand ils verront la roulotte, ils sauront qu'ils ne sont pas abandonnés et ils te prendront sur ta bonne mine pour saint Antoine ressuscité. »

Cornelius ne fit pas de miracles. Il y eut cependant, après son passage, quelques malades qui se rétablirent d'eux-mêmes et chantèrent partout ses louanges. Désormais, une réputation de sainteté précédait la roulotte, qui portait accrochés à ses flancs bariolés les ex-voto des fidèles.

« Antoine, prends garde, disait le bossu, au train où

nous allons, nous serons bientôt canonisés. Il serait plaisant que les générations futures fassent leurs dévotions devant les statues d'un parpaillot et d'un philosophe naturel. Chaque chose a son temps. Je ne suis pas pressé d'être logé dans un reliquaire. »

Prenant prétexte des dangers qu'il courait en hébergeant un rebelle aussi célèbre qu'Antoine, le médecin volant empruntait des chemins détournés. C'était pour lui l'occasion de retenir plus longtemps le seul ami qu'il eût jamais rencontré et aussi de mettre à l'épreuve les sentiments du jeune homme pour Marie.

« "Après le coup de foudre, le coup de vent", répétait souvent ma pauvre mère. Aujourd'hui, tu es fou de ta papiste, demain tu l'auras oubliée », disait-il pour taquiner Antoine.

Celui-ci devait se fier à son maître, qui lui promettait à chaque étape que l'on se rapprochait de Joux, par un itinéraire secret, connu de lui seul. Chaque tour de roue du chariot remplissait son cœur d'espoir quand il lui paraissait que le Jura était proche. Il reconnaissait les crêts et les combes et croyait voir Joux chaque fois qu'ils découvraient un hameau perdu dans les bois. Cornelius le plaisantait :

« Peut-être ton Joux n'existe-t-il pas ? Je ne serais pas surpris que tu l'aies rêvé. J'ai pour de tels délires un opiat de ma façon. Il calme les déments... »

Antoine était déjà dehors et courait vers le lavoir. Dans le ruisseau, Jérôme et Benoît, leur haut-de-chausses trempé jusqu'à la taille, ramassaient des écrevisses grises, presque translucides.

« Elles sont faciles à prendre, les bestioles qui marchent à reculons, dit Jérôme, mais notre père n'en fait point de cas. »

Les deux garçons lui tournaient le dos. Tout occupés à remplir leurs seaux, ils n'avaient pas remarqué sa présence. Sur le chemin de bergers qui menait au lavoir, Élisabeth et Marie descendaient avec précaution, tenant chacune par une anse un panier d'osier débordant de linge.

« Aidez-nous, ce panier est trop lourd... »

Marie leva les yeux et laissa tomber sa charge. Élisabeth la regarda, interloquée, et tout à coup, elle vit son frère qui leur souriait, de l'autre côté du ruisseau.

Lac de Pont, été 1985

Table

Introduction : Pourquoi les parpaillots, les papistes, les dragons ?   7

Première partie

1. Le billet de logement   13
2. Le dernier prêche   31
3. Le saccage   43
4. La nuit des tambours   57

Deuxième partie

5. Résister   77
6. La séparation   93

7.	La roulotte du docteur Cornelius	105
8.	L'assemblée du Désert	119
9.	Le traître	129
10.	Les fugitifs	143
11.	Marie	155
12.	Les gens de Joux	171

Troisième partie

13.	Le secret de maître Gineste	181
14.	La mort du traître	195
15.	La potence de Grenoble	207
16.	Jeanne	219
17.	Les converties du couvent de Dôle	227
18.	Retour à Joux	239

« Pour l'éditeur, le principe est d'utiliser des papiers composés de fibres naturelles, renouvelables, recyclables et fabriquées à partir de bois issus de forêts qui adoptent un système d'aménagement durable. En outre, l'éditeur attend de ses fournisseurs de papier qu'ils s'inscrivent dans une démarche de certification environnementale reconnue. »

Composition JOUVE – 53100 Mayenne
N° 307876w
Achevé d'imprimer en Italie par G. Canale & C. S.p.A.

Dépôt éditeur n° 84697
32.10.2506.7/04 - ISBN : 978-2-01-322506-9
Loi n° 49-956 du 16 juillet 1949 sur les publications destinées à la jeunesse
Dépôt légal : juillet 2010